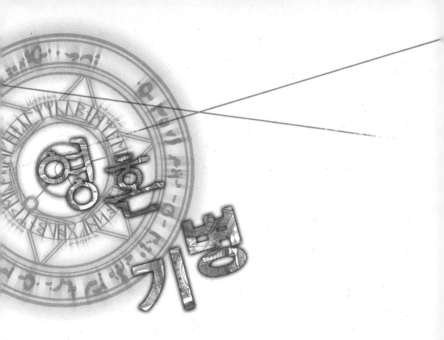

KB192116

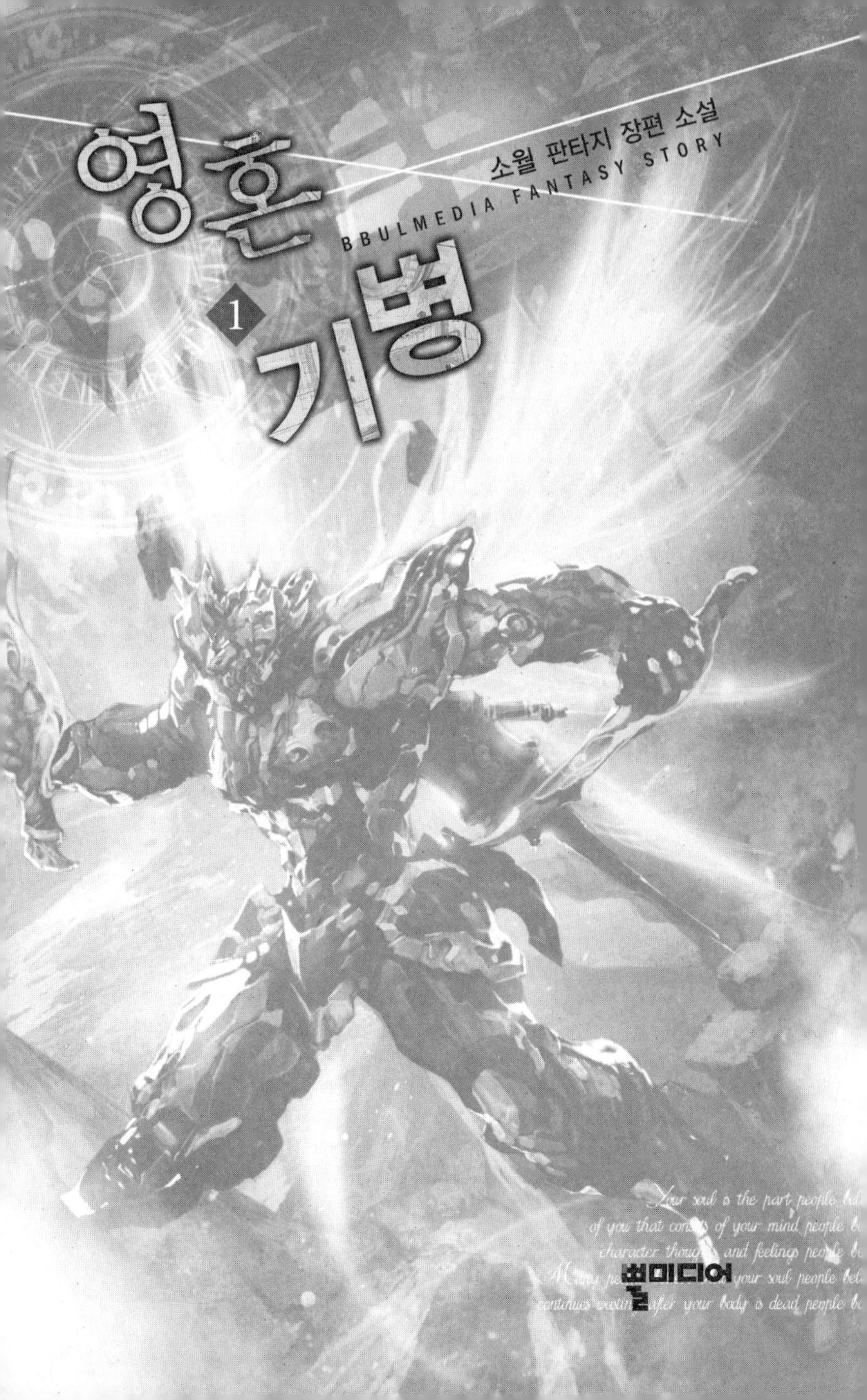
영혼기병
1
소월 판타지 장편 소설
BBULMEDIA FANTASY STORY
뿔미디어

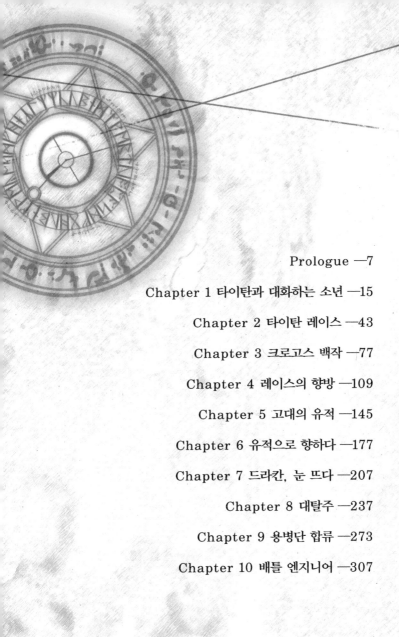

Prologue

콰과광!

와르르르!

마탑이 파괴되고 있었다. 무너지고 있었다. 일생의 연구가 모두 담겨 있는 이곳이, 마도의 모든 것이 담긴 이곳이 서서히 붕괴되고 있었다.

대마법사 아크레우스는 입술을 잘근 깨물었다.

"멸망은 피할 수 없는가."

지금 마탑 바깥에선 그와 적대 관계에 있는 마법사들이 맹공을 퍼붓고 있었다.

비단 이곳뿐만이 아니다. 세계 곳곳에서 파괴와 전쟁이 거듭되고 있었다. 최고조에 이른 마도시대의 역량이

집결된 전쟁이 말이다.

피식.

아크레우스의 입가에 쓴웃음이 걸렸다. 회한과 조소가 함께하는 웃음이었다.

"어이가 없군. 일생일대의 역작이 완성된 지금, 내 삶도 이렇게 끝나려 하다니."

그는 시선을 올렸다.

10미터가량의 높이, 그가 응시하는 곳엔 흑색의 거체가 당당히 서 있었다.

그의 눈빛에 아련함이 어렸다.

"너라면 이 붕괴에서도 안전할 테지. 내가 네게 탑승할 수만 있다면 이곳을 무사히 빠져나가는 것도 가능할 게다. 그 어떤 마법사조차 보이지 못한 압도적인 파괴를 선보일 수도 있겠지. 저 바깥의 얼간이들 따윈 상상도 못 할!"

이어지는 그의 목소리에 씁쓸함이 감돌았다.

"하지만 이 전쟁을 멈출 수는 없을 게다. 오히려 가속화할 테지."

인간의 오만이 극에 달했던 전설적인 대마도시대.

마법에 대한 연구와 성과는 극한에 달했으며 마법사들의 힘은 말 그대로 신의 자리마저 위협할 지경에 이르렀다.

무생물을 기동하게 하는 각종 공학 기술.

에너지의 효율을 증폭시키는 특수 마법진.

강력한 금속들을 최적의 비율로 배합한 초합금.

그리고 이 모든 기술이 합쳐진 궁극의 병기.

영혼기병, 타이탄!

타이탄 제조 기술이 끝없이 발전하면서 전쟁의 양상은 급변하게 된다.

한 번의 전투로 지도를 바꿀 수 있을 정도의 힘이 그들에게 주어진 것이다.

그러나 지금, 그들은 감당할 수 없는 힘으로 스스로를 멸망시키고 있었다.

"난 이 모든 것에 지쳤다."

아크레우스는 한숨과 함께 몸을 돌렸다.

사실 그에겐 이제 타이탄을 제어할 여력도 남아 있질 않았다.

타이탄의 심장이라 할 수 있는 크리스털 엔진 제작에 모든 마력을 소모한 까닭이다.

평소라면 분한 마음에 주먹을 부르르 떨었겠지만, 이제 와서는 그런 마음도 들지 않았다.

와르르!

천장이 무너지기 시작했다. 최후 보호막마저 파괴된 모양이었다.

이제 곧 이곳 지하실까지 그대로 붕괴될 것이다.

"상관은 없겠지. 어차피 난 모든 것을 이루었다. 그 녀석들은 상상도 못 할 최강의 타이탄을 만들어 냈으니 말이야."

아크레우스는 웃었다. 진실로 모든 것을 이룬 자의 웃음이었다.

"너를 창조해 냈으니 여한은 없다. 그러나 네가 마음껏 활개 치는 모습을 보지 못하는 건 아쉽구나."

콰광!

기둥들이 무너지기 시작했다. 아크레우스의 머리 위로도 파편들이 떨어져 내렸다.

일순 그의 눈에서 시린 안광이 튀었다.

"차라리 이대로 묻혀 사라지는 게 낫겠지. 아니, 놈들에겐 결코 너를 넘겨주지 않겠다."

그는 허겁지겁 지하실 구석의 마법진으로 향했다.

그가 생각하는 것은 하나였다.

마탑의 자체 폭발!

"저놈들에게 널 넘겨줄 순 없다. 결코!"

아크레우스는 마법진을 발동시켰다.

이제 10초 후면 마탑은 폭발과 함께 대지 깊은 곳으로 가라앉을 것이다.

그리고 그의 필생의 역작 역시.

아크레우스는 마지막으로 흑색의 타이탄에 시선을 고정했다.

마치 자식을 바라보듯, 타이탄을 보는 그의 눈빛엔 애정이 가득했다.

　"만나자마자 이별이로구나. 그러나 언젠가는, 누군가에 의해 네가 빛을 볼 날이 있을 것이다. 내 결실을 증명해 줄 이가 나타나기만을 바라마."

　그의 마지막 목소리는 마탑의 붕괴음에 묻혔다.

　"작별이다, 드라칸!"

✤ ✤ ✤ ✤ ✤

　찬란한 마도시대는 인간들끼리의 치열한 전쟁 끝에 멸망했다.

　살아남은 이들은 맨손으로 모든 것을 다시 시작했다.

　끈질긴 노력과 근성으로 많은 것들을 수복했다지만 과거의 영광에 비하면 여전히 부족했다. 그럼에도 인간들은 끈질기게 살아갔다.

　그렇게 천 년이란 시간이 지났다.

Chapter 1

타이탄과 대화하는 소년

철컹!

기이이잉……!

강철의 거체에 마나가 감돈다. 크리스털 엔진이 가열되며 빛을 내뿜는다. 마치 혈관처럼 거체의 온몸에 퍼져 있는 철관 속으로 마나가 흐른다.

두 기의 타이탄이 가동을 시작했다.

부우우웅.

두 타이탄은 서로를 응시했다.

거리는 대략 20여 미터. 마나의 흐름을 통해 가열된 철갑 위로 아지랑이가 피어올랐다.

이윽고 두 타이탄의 몸이 움츠러지나 싶더니…….

콰앙!

서로를 향하여 포환처럼 돌진했다.

쿠우웅!

육중한 소리와 함께 타이탄들의 거체가 충돌했다. 서로의 팔을 맞잡은 두 타이탄은 힘을 겨루듯 서로를 밀쳐내려 했다.

발이 닿은 땅이 요란하게 파여 갔다. 무형의 충격파가 주변으로 퍼졌다.

까드드득 하는 소리가 터지며 한쪽 타이탄이 밀리기 시작했다.

힘겨루기를 뒤로하고 강철의 격투가 이어졌다. 상대를 향해 타이탄들의 주먹과 다리가 연신 쏘아졌다.

쾅! 콰쾅!

일격마다 공기를 울리는 굉음이 터져 나왔다.

동일한 외관을 지닌 두 타이탄의 기종은 아이언 솔저(Iron soldier). 무기가 장착되지 않은 훈련용 타이탄이었다.

강철이 맞부딪치는 소리가 연신 울리는 이곳은 타이탄 전용의 특수 연무장.

베이탈 아카데미에 속해 있는 곳이었다.

귀천을 가리지 않는 타이탄 라이더 양성 학교, 동시에 대륙 최고의 마법사 아카데미.

베이탈 아카데미의 정의는 그러했다.

아카데미의 학부는 2개다. 일반 학부와 마법 학부가 바로 그것들이다.

일반 학부 학생들 대부분은 필수 과정으로 타이탄 조종술을 익힌다.

현대의 타이탄은 사람과 뗄 수 없는 관계에 있다. 신분 상승을 원하는 평민들, 스스로의 가치를 보여야 하는 귀족들 모두에게 있어서 그렇다.

베이탈 아카데미가 재능과 권력의 장으로 존재하는 것도 이 때문이었다.

그런 만큼 아카데미 내의 10대들 대부분은 일종의 자부심을 느끼고 있었다. 확실히 그들은 최고 명문 학교의 재학생이니 말이다.

하지만 그렇지 않은 이도 있었다.

예컨대 시안처럼.

시안은 타이탄 연무장의 경계 부분에 앉아 있었다.

누가 봐도 10대 중후반으로 보이는 소년이었다. 그러나 또래의 학생들과 달리 교복 대신 기름에 찌든 작업복을 입고 있었다.

검은 머리칼, 약간은 수척한 얼굴.

눈에 띄게 선명한 눈빛을 제외하면 그다지 끌릴 것 없는 인상이었다.

시안의 눈은 두 타이탄을 쫓고 있었다. 그들이 전투에 들어선 뒤로 내내 그 모습만 뚫어져라 보는 중이었다.

나직한 혼잣말이 흘러나왔다.

"흐음. 왼쪽 녀석의 기동력이 약간 떨어지는데. 단순히 라이더의 문제는 아니야. 부품에 문제가 있는지도 모르겠다."

외관 및 대략적인 움직임.

그것만으로 타이탄의 문제점을 발견하는 건 쉬운 일이 아니다.

그러나 시안은 거의 단정하는 투로 진단을 내고 있었다. 하루 이틀 타이탄을 정비해서는 보일 수 없는 경지였다.

쿠구궁!

타이탄 하나가 볼썽사납게 쓰러졌다. 대개 이 경우엔 연무도 끝이었다.

시안은 자리에서 일어나 타이탄을 향해 걸었다.

어찌 보면 조금 기이한 날이었다. 연무를 원한 두 학생들 중 하나가 시안을 보기를 원했다. 하나 시안으로선 딱히 짐작 가는 바가 없었다.

쓰러졌던 타이탄은 그새 몸을 일으키고 있었다.

척 봐도 분개한 모양새. 아무래도 2차전을 벌이고 싶은 모양이었다.

시안은 혀를 살짝 찼다.

"그쯤 하시죠."

그리 크지 않은 목소리.

그러나 타이탄 라이더쯤 된다면 들을 수 있는 수준이었다.

마나를 제어하는 경지여야 타이탄의 손가락이라도 움직일 수 있다. 하물며 대륙 최고 명문의 학생이다. 시안의 목소릴 듣지 못할 리 없었다.

과연 쓰러졌던 타이탄에서 신경질적인 목소리가 흘러나왔다.

"뭐야? 방해하지 마!"

"죄송하지만 그럴 순 없겠습니다. 대련의 결판도 이미 났을 텐데요."

"결판이 나고 말고는 내가 정한다! 감히 네깟 녀석이……."

"어차피 마나 연료도 다 떨어졌습니다."

시안이 단정하는 투로 말을 잘랐다.

과연 몇 초 되지 않아 두 타이탄의 눈빛이 검게 변했다.

기이이잉…….

빠르게 식어 버리는 타이탄들.

이내 쓰러졌던 타이탄의 가슴 부위가 개방되며 금발의

소년이 시뻘게진 얼굴을 내밀었다.

"빌어먹을!"

척 봐도 귀족이 분명한 깔끔한 인상의 소년. 곱게 자란 티가 분명하게 났다.

시안은 그쪽에 관심도 두지 않은 채 두 타이탄을 손으로 매만졌다.

다른 타이탄의 흉부도 개방되었다.

이번에 나온 이는 의외로 소녀였다.

"빌어먹을이라. 그 말, 설마 나보고 한 것은 아니겠지?"

금발 소년의 얼굴이 붉어졌다.

"그, 그럴 리가요. 그저 제 실수에 화가 나서……."

"그걸 실수라고 부른다면 아직 멀었다고 해야겠어, 페일. 아무리 봐도 네가 실수한 부분은 없었거든."

"……."

페일이라 불린 소년은 불만스런 표정이었지만 뭐라 말을 더 하지 못했다. 아무래도 소녀 쪽 지위가 소년보다 높은 듯했다.

물론 시안에겐 상관없는 일.

시안은 그저 묵묵히 타이탄들의 상태를 살폈다.

'확실히 이쪽 라이더가 낫군.'

소녀의 타이탄 상태는 전체적으로 깨끗했다. 움직임에

있어 군더더기가 없었단 뜻이다. 격투의 충격 역시 대부분 흘려 보낸 듯 부품의 내구성 역시 문제없었다.

먼저 쓰러진 것은 정비가 제대로 되지 않아 라이더의 움직임을 못 따라갔기 때문이었다.

반면 페일이란 소년이 탑승했던 타이탄은 엉망이었다. 외관이야 멀쩡했지만 그 속은 상당한 데미지를 입은 상태였다.

'네 고생이 많았구나. 그래도 라이더라고, 그런 녀석을 보호하기 위해 충격 대부분을 흡수하다니. 정말 수고했다.'

시안이 마음속으로 타이탄에게 칭찬을 하고 있을 때였다.

"그 나이에 타이탄 엔지니어 일을 하고 있어?"

시안은 고개를 돌렸다.

예의 소녀가 자신을 빤히 바라보고 있었다. 아무래도 자신을 보고자 했던 건 그녀 같았다.

함께 있던 페일은 이미 사라지고 없었다. 잠시 주변을 둘러보니 멀찌가니 투덜거리며 기숙사로 돌아가고 있는 게 보였다.

"저보고 물은 말씀입니까?"

"그래."

"보시는 대로 엔지니어 일을 하고 있습니다."

"놀랍네. 너처럼 어린 엔지니어 얘기는 들어 본 적이 없어."

"그런가요?"

대강 대답해 준 시안은 다시 고개를 돌렸다.

시안은 벽을 타고 넘듯이 타이탄의 무릎 위로 올랐다. 그리고 손바닥을 펼쳐 상태를 살피는 작업을 계속했다.

"뭘 하고 있는 거지?"

시안은 살짝 짜증을 느꼈으나 내색하진 않았다.

"타이탄의 상태를 살피고 있습니다."

"그냥 손바닥만 대고 있는 것 같은데."

"대략적인 상태는 기동 후에 남아 있는 열이나 진동으로 확인할 수 있습니다. 문제가 있을 경우엔 고열이 오래 남거나 불규칙한 진동을 내지요."

"그게 바로 촉진이란 거구나."

시안은 조금 놀란 눈으로 소녀를 돌아봤다. 설마 타이탄 라이더가 엔지니어들의 용어를 알고 있을 줄은 몰랐다.

소녀는 장난스럽게 웃었다.

"철없어 보이는 여자애가 이것저것 캐묻느라 귀찮았던 모양이지? 엔지니어들의 용어를 알고 있는 게 신기한가 봐?"

"……."

"이름이 어떻게 돼?"

"시안입니다."

"아이넬 필리안이야."

그렇게 말한 소녀는 가타부타 말도 없이 몸을 돌렸다. 시안은 약간의 지체 뒤에야 그녀가 누구인지 파악했다.

'필리안 왕국의 셋째 공주?'

대대로 뛰어난 라이더들을 배출해 온 가문이 바로 필리안 왕가였다. 하지만 설마 공주마저 저 정도 실력일 줄은 몰랐다.

'그런데 일국의 공주가 왜 내게 호출을?'

관심을 보였다고 생각한다면, 그건 정말 멍청한 생각이리라.

어린 나이임에도 수많은 모략과 인간 군상을 보아 온 시안이었다.

베이탈 아카데미의 학생쯤 되는 이들이라면 평범한 행동에도 노림수를 감춰 둔다는 걸 알고 있었다.

'뭐, 페일인가 하는 녀석처럼 단순한 놈들도 있지만.'

최소한 아이넬 필리안은 멍청해 보이진 않았다. 오히려 그 반대라면 모를까.

자신에게 부른 데에도 이유가 있을지 몰랐다. 아니, 반드시 있다고 보는 편이 나았다.

"흐음."

시안은 볼을 긁적이다 이내 고개를 저었다.

그저 귀찮은 일에 휘말리지나 않았으면 싶었다.

✤ ✤ ✤ ✤ ✤

타이탄 조종술이 정규 과목인 만큼 베이탈 아카데미엔 수많은 준비가 갖추어져 있다.

연습용으로 배치된 타이탄만 500여 기.

100명에 이르는 타이탄 엔지니어들이 이를 관리한다.

물론 엔지니어들의 실력 역시 최상급이었다. 때문에 그들은 대개 나이가 지긋한 편이었다. 확실히 시안의 경우는 특이했다.

그렇다고 시안 홀로 10대인 것은 아니었다.

"야, 시안! 아이넬 공주랑 대화했다며?"

몇 안 되는 10대 엔지니어 동지인 팔콘이 시안의 등을 툭 치며 물었다.

시안은 살짝 눈살을 찌푸리며 대꾸했다.

"그건 또 어디서 들었냐?"

"빌파 녀석이 지나가다 봤다던데."

"그 자식 눈도 좋네."

"크크크. 그런데 어떻디?"

"뭐가?"

"어허, 이 자식이 내숭을 다 떠네? 당연히 아이넬 공주 말이지. 인상이 어때? 정말 숨넘어갈 정도의 미인이었어?"

시안은 잠시 멍한 얼굴을 했다.

팔콘이 팔짱을 끼곤 고개를 끄덕였다.

"으음. 떠올리면 멍해질 정도의 미모였단 말이지?"

"아니, 미안한데 기억이 잘 안 나서 생각 좀 했다. 그냥 그렇던데?"

팔콘은 기막힌 얼굴로 시안을 보았다.

대륙 3대 미색이라 일컬어지는 소녀를 그냥 그렇다고 말하는 놈이 있을 줄이야. 그게 또 절친한 친구 놈이라니.

"보나마나네. 네 녀석, 또 타이탄 상태 살피느라 정신도 없었겠지."

"여자한테 홀리는 게 엔지니어의 일이라고는 생각하지 않는다만."

"쳇. 까짓 거 상태 살피는 거야 좀 미뤄도 되잖아."

시안은 그냥 피식 웃고 말았다.

팔콘은 끈덕지게 질문을 퍼부었다.

"그런데 무슨 얘기를 나눴냐? 목소리는 어땠어?"

"그냥 이것저것. 목소리는 그냥 여자애 목소리더만."

"크으. 이 재미없는 자식."

두 사람은 대화를 나누며 엔지니어 전용 기숙사를 거닐었다.

멀리서 본다면 꽤나 우스운 장면이었다. 팔콘은 보통 사람보다 머리 하나가 더 큰 체격이었고 시안은 비교적 왜소한 편이었으니까.

꼭 삼촌과 조카가 함께 거니는 것만 같았다.

시안이 팔콘을 만난 건 대략 1년 전 일이었다. 같은 방에 배치되었는데 성격이 판이해서 친해지는 데 꽤 시간이 걸렸다.

시안은 말수가 적었고 팔콘은 수다스러웠다. 처음 만났을 땐 서로가 각자의 성격을 부담스러워 했다.

그래도 한번 친해지기 시작하니 급속도로 가까워질 수 있었다.

"흐음. 그러니까 별 얘기는 나누지 않았다는 거냐?"

"그래."

"하아, 대체 왜 이런 행운이 너 같은 녀석에게 갔을까? 아이넬 공주가 말 한마디만 붙여 줘도 정말 소원이 없을 텐데."

"쓸데없는 소리 그만하고 부품이나 가지러 가자. 대련에 쓰인 타이탄들 수리해야지."

오늘 하루 동안만 해도 50기 이상의 타이탄이 대련을 가졌다.

작게는 철갑에 금이 간 것에서부터 크게는 크리스털 엔진이 고장 난 경우도 있었다.

"어차피 여분도 많은데 천천히 고쳐도 되잖아?"

"그래도 할 수 있을 때 고쳐 둬야지. 고생까지 한 녀석들이 방치되면 미안하잖아."

"하핫."

팔콘은 픽 웃었다.

평소엔 한없이 딱딱한 녀석이지만 타이탄에 관해선 제법 감성적이다.

타이탄을 사람이나 동물처럼 대한다고나 할까? 꼭 감정을 지닌 존재를 대하듯 타이탄을 대했다.

팔콘이 보는 시안은 그런 기이한 맛이 있는 친구였다.

그게 싫지는 않았다.

엔지니어 숙소엔 일과를 마친 타이탄 엔지니어들이 담소를 나누고 있었다.

그중 시안과 팔콘을 발견한 이들이 장난스럽게 말을 붙여 왔다.

"여, 팔콘, 시안. 오늘도 단둘이서 달밤의 사랑이라도 나누러 가냐?"

짓궂은 농담에 팔콘이 코웃음을 쳤다.

"베르달 아저씨, 지난 개교기념일 기념 봉급을 도박장에서 다 날려 먹었죠? 부인께선 그 사실을 알고 계시나 모르겠습니다?"

"끙. 징그러운 녀석."

팔콘이 시안을 슬쩍 보며 한쪽 눈을 찡긋했다. 시안은
헛웃음을 지으며 걸음을 옮겼다.

"아, 그런데 시안, 그 얘기 들었냐?"

"얘기라니?"

"타이탄 레이스 말이야."

타이탄 레이스는 말 그대로 타이탄끼리 하는 경주를
의미한다.

다리 대신 바퀴를 지닌 최하급의 웨건(Wagon)급 타
이탄들을 이용한 경주.

경마의 타이탄 판이라 볼 수 있는 것이었다.

덕분에 학생들 사이에서 상당한 인기를 끌고 있었다.

아카데미 내에서 타이탄 간의 전투는 불가능하고 기껏
해야 무기 없이 대련하는 것만이 가능했다. 그런 만큼 학
생들은 타이탄 레이스를 통해 스트레스를 해소했다.

게다가 레이스의 특성상 내기에 이용되기도 했다.

이는 아카데미에서도 묵인하고 있는 것이었다. 워낙
역사가 깊은 까닭이다.

"타이탄 레이스가 왜?"

"왜긴. 올해는 그야말로 별들의 전쟁이 될 것 같아서
말이야."

팔콘은 휘파람을 살짝 불었다.

"베르달 아저씨는 물론이고 다른 아저씨들도 스카웃 제안을 받았대. 꽤 짭짤한 조건을 제의받았다던데, 아무래도 분위기가 심상치 않아. 근래 들어 최고 기록이 나올지도 몰라."

전투용 타이탄의 경우 타이탄 자체의 성능과 라이더의 실력이 반반이라면, 경주용 타이탄은 자체 성능이 8할이라 해도 좋았다.

그런 만큼 실력 좋은 엔지니어의 몸값은 실로 엄청났다.

"너는 어때?"

"나? 쳇. 제의 비슷한 것도 못 받았다. 나이도 우리랑 비슷한 녀석들이 어른들만 원한단 말씀이야. 시안, 넌 무슨 얘기 들은 것 없어?"

"나도 별 얘기 듣지 못했어."

"그래? 하긴 그 녀석들이 뭘 알겠냐? 엔지니어의 가치도 못 알아보는 얼간이들이 라이더랍시고 까불 걸 생각하니 아주……."

팔콘은 아카데미의 학생들, 특히 귀족들을 싫어했다. 잘난 척을 한다는 게 이유였다.

'뭐, 그러면서도 예쁜 여자만 보면 좋아 죽으려 하지 않나?'

시안이 보기엔 팔콘이나 학생들이나 비슷비슷해 보였다.

타이탄 적재실에 도착했을 때, 두 사람은 익숙한 사람을 발견할 수 있었다. 매우 오랜만에 보는 것이었기에 팔콘과 시안의 얼굴이 밝아졌다.

그 사내도 웃으며 입을 열었다.

"자네들은 참 지치지도 않는군."

"안녕하세요, 칼리드 선생님!"

"좋은 밤입니다, 선생님."

반백발의 중년, 칼리드는 인자한 웃음으로 두 사람을 맞았다.

"오늘도 대련용 타이탄을 수리하러 왔나?"

"예, 아무래도 그냥 방치하기가 찜찜해서요."

시안의 대답에 그의 미소가 깊어졌다.

"자네도 참 대단해, 시안. 수준급 엔지니어조차 발견하기 힘든 사소한 결함까지 감지하고 고쳐 내니 말이야."

"타이탄에 미친 녀석이니까요."

팔콘이 징그럽다는 투로 대꾸했다.

말이야 농담조였지만 팔콘은 정말 시안이 징그러웠다.

그 역시 천재라면 천재다.

19살이란 나이에 베이탈 아카데미의 타이탄 엔지니어로 고용된 팔콘이었다. 실로 천재라 불리기에 손색이 없었다.

　하지만 그런 그조차 시안 앞에선 작아지는 느낌이었다.

　'이 녀석은 정말 차원이 다르단 말씀이야.'

　최고급 엔지니어의 촉진이라도 사소한 결함까진 발견하기 어렵다.

　소형 부품에 금이 갔다거나 하는 수준이라면 타이탄을 분해해서 관찰하기 전까진 알 수 없을 정도다.

　그런데 시안은 그걸 촉진으로 해낸다.

　정말 괴물 같은 능력이었다.

　'베르달 아저씨는 그걸 보고 타이탄과 대화하는 것 같다고 했지. 정말 어울리는 표현이야.'

　속으로 생각하는 팔콘이었다.

　"그런데 선생님, 여기엔 무슨 일로 오셨습니까?"

　"하하, 오랜만에 자네들 얼굴이나 보러 왔지."

　칼리드의 웃음에 시안도 팔콘도 미소를 지었다.

　검술 선생과 타이탄 엔지니어.

　그냥 봐서는 어울리는 조합은 아니었다.

　두 사람이 칼리드와 가까워진 건 말 그대로 우연이었다. 아니, 어쩌면 운명이라 볼 수도 있었다.

시안이 한참 매일같이 타이탄 적재실을 들락거릴 때였다. 그곳에서 어슬렁거리는 칼리드를 발견한 두 사람은 기겁을 했었스다.

"하하, 그땐 정말 놀랐지 뭔가. 고함을 쳤던 게 아마 팔콘 자네였지? 뭐라고 했었더라?"

"스파이가 숨어들었다고 소리쳤었죠. 근데 전 정말 타이탄 정보를 빼내려고 들어온 줄 알았어요."

"음, 그때 일은 반성하고 있네."

소등 이후의 적재실엔 엔지니어만 출입할 수 있었다. 그런데 생판 모르는, 그것도 장검까지 차고 있는 이를 보았으니 놀랄 수밖에.

칼리드는 시안과 비슷했다. 두 사람 모두 타이탄이라면 아주 사족을 못 썼다.

차이라면 한 사람은 마음만 먹으면 언제나 타이탄을 볼 수 있는 엔지니어라는 것, 다른 한 명은 그러기 힘든 검술학부의 교사란 것이었다.

"그래도 타이탄 구경을 하려고 학교 선생이란 사람이 도둑처럼 숨어들 줄은 정말 몰랐어요."

"아무래도 낮엔 시간이 안 나더군."

"그렇다고 벽면에 구멍을 뚫어요?"

"흠흠, 반성하고 있네."

세 사람은 도란도란 대화를 나누며 적재실로 들어섰

다.

시안이 적재실 벽면의 스위치를 눌렀다.

파파파팟.

수백 개의 등이 연달아 빛을 토했다.

적재된 500여 기의 타이탄들이 등불 빛 속에 모습을 드러냈다.

"허어."

자기도 모르게 감탄을 내뱉는 칼리드.

볼 때마다 느끼는 거지만 정말 장관이었다. 중무장을 한 병사 수만 명이 도열한 것보다 수천 배는 더 웅장해 보였다.

시안은 빠르게 걸음을 옮겼다.

대개가 똑같은 모양새의 타이탄이건만 번호라도 매겨 놓은 듯 수리할 타이탄을 향해 똑바로 걸어갔다.

철컹. 철컹.

약간의 작업으로 타이탄의 철갑이 개방됐다. 수많은 부품과 철선 등이 엉켜 있는 내부의 모습이 드러났다.

시안은 빠른 손놀림으로 부품을 갈아 끼웠다.

"볼 때마다 느끼는 거네만 참 대단하이."

"뭐, 아카데미의 엔지니어라면 이 정도는 기본이죠."

칼리드의 말에 함께 구경 중인 팔콘이 대꾸를 했다.

시안은 한 기의 타이탄을 손보는 데 10분이 채 걸리지 않았다.

단순한 부품 교환이라지만 분명 눈 돌아가게 빠른 작업 속도였다.

시안에 비해 팔콘은 한가로웠다.

"자네는 안 돕나?"

"저렇게 간단히 타이탄 상태를 진단하는 건 시안만 할 수 있어요. 제가 할 수 있는 게 없으니 가만히 있어 주는 게 돕는 거죠."

"흐음."

"쩝. 그런 눈으로 보지 마세요. 제가 뒤떨어지는 게 아니라 시안 녀석이 괴물이라고요."

"하긴, 저 정도의 촉진 능력을 지닌 엔지니어 얘기는 예전에도 지금도 들어 본 적이 없네."

두 사람은 경이 반 호기심 반의 눈으로 시안을 보았다.

시안은 수리에 정신이 팔려 그것도 몰랐다.

"정말 타이탄 사랑이 지극하군. 나도 나름 타이탄에 애정을 가졌다고 자부하네만 시안 앞에선 명함도 못 내밀겠어."

"크크. 왠지 저 녀석이라면 결혼도 타이탄이랑 할 것 같은데요."

"왠지 그럴싸하군, 팔콘."

한바탕 두 사람의 웃음이 지나갔다.

"아, 그런데 그 얘기 들으셨습니까, 선생님?"

"얘기라니?"

"시안 저 녀석, 오늘 아이넬 공주랑 대화를 나눴다지 뭡니까. 크흑!"

칼리드는 새삼스러운 눈으로 시안을 보았다. 한동안 끊이지 않을 것 같던 웃음기가 사라졌다.

칼리드가 시안을 돌아봤다.

"정말인가, 시안?"

이번엔 무시하고 있을 수가 없었다.

시안은 이마의 땀을 닦아 내며 대답했다.

"짤막히 몇 마디 나눈 게 전부입니다."

"으음. 하지만 그녀가 아무 생각도 없이 말을 걸진 않았을 걸세. 보기와는 달리……."

"영리하다 이거죠? 제가 보기에도 뭔가 생각하는 바가 있어 보이더군요. 촉진이 무언지도 알고 있는 걸 보면 보통은 아닌 듯했습니다."

"뭐? 촉진을?"

팔콘이 놀란 눈을 했다.

어지간히 엔지니어 쪽에 관심이 있지 않고선 모르는 게 촉진이었다. 특히나 타이탄을 단순히 무기 정도로만 생각하는 이들에게 있어선.

기실 팔콘이 귀족들을 싫어하는 건 그런 이유 때문이

었다.

덕분에 아이넬에 대한 팔콘의 경탄은 더욱 심해졌다.

"허, 역시 아이넬 공주야. 아름답기만 한 게 아니라 현명하기까지 하구나, 흐흑. 정말 한 번이라도 대화 좀 나눠 봤으면 좋겠다."

"뭐, 그냥 이것저것에 관심이 있는 걸지도 모르지."

대수롭지 않게 말하는 시안이었으나 칼리드는 고개를 저었다.

"그런 것 같지는 않군. 요사이 도는 소문이 심상치 않으니 말이야."

"소문이요?"

"음."

고개를 끄덕인 칼리드가 설명했다.

"아이넬 공주가 이번 타이탄 레이스에 나서려는 모양이야."

필리안 왕국과 아카테스 제국은 악연이 깊은 사이였다.

맞닿아 있는 만큼 갈등도 많았고 피를 흘리는 전쟁도 여러 차례 벌였다. 지금에야 우호적인 관계에 있지만 그간의 깊은 골은 쉬 사라지지 않았다.

그러던 차, 아카테스 제국의 오스트 베인 백작 자제가

아이넬 공주에게 추파를 던지는 일이 있었다.

그리고 여럿이 보는 앞에서 공주에게 망신을 당해 버렸다.

문제는 거기서부터 시작됐다.

"오스트 백작 자제의 생각은 간단하네. 필리안의 왕가라도 제국의 백작가보단 아래라는 거지."

왕족이라 해도 제국의 귀족보단 아래다.

생각하기에 따라선 문제가 될 수도 있는 말.

"흠. 부모의 후광을 업으려는 얼간이군요."

"단순히 가문의 후광만이 아니지. 제국의 힘마저 과시하려 하고 있으니까."

"하여간 오스트 백작 자제는 여러 차례에 걸쳐 아이넬 공주를 도발한 모양이더군. 그리고 결국 공주에게 내기를 제안했네."

"그게 타이탄 레이스란 말입니까?"

"아마도 그럴 테지."

칼리드는 진중한 눈으로 시안을 바라봤다.

"아마 그녀는 간을 보려고 한 것 같군."

"간?"

"자네의 이야기를 들은 게야. 자네의 실력이 어떠한지 평가해 보려고 일부러 접근한 것이겠고."

시안은 눈살을 찌푸렸다.

왕국이고 공주고 그와는 상관없는 일. 시안은 계산이 깔린 정치 관계가 질색이었다.

그저 타이탄을 만질 수 있으면 그걸로 좋았다.

물론 경주용 타이탄 역시 타이탄은 타이탄이지만, 정치적인 문제가 끼는 건 사양이었다.

"시안, 너 어쩔 생각이야?"

팔콘을 슬쩍 보니 기대에 찬 눈이었다.

"아이넬 공주가 널 스카웃하려 할지도 몰라! 어쩌면 왕실 엔지니어 자리까지 제안받을 수도 있어!"

"난 아카데미 엔지니어로도 충분해."

"뭐?"

팔콘은 어이없다는 눈으로 시안을 보았다. 그러다 이내 뭔가를 떠올리곤 입을 열었다.

"국왕 전용의 엠퍼러 급 타이탄을 볼 수 있을지도 모르는데?"

"……."

이번만은 시안의 눈도 살짝 흔들렸다.

타이탄은 크게 7개의 등급으로 분류된다.

수레나 다름없는 웨건 급 타이탄은 최하급이었다. 경주용 타이탄들이 이 등급에 해당되며, 다리가 아닌 바퀴를 장착하고 있다.

그 위로는 워커(Worker) 급이 있다. 워커 급 타이탄은 대개 자원 채취 등의 작업에 쓰였다.

가장 흔하며 수가 많은 게 솔저(Soldier) 급 타이탄이다. 상급 병사들이 사용하는 양산형 타이탄들이 여기에 해당됐다.

나이트(Knight) 급 타이탄은 주로 기사들이 사용했다. 이쯤 되면 어지간한 왕국에도 두 자릿수 정도만 존재한다.

기사단장쯤 되는 이들의 타이탄이 비숍(Bishop) 급 타이탄이다. 한 왕국에도 10개 이상이 존재하지 않을 정도였다.

국왕쯤은 되어야 탑승할 수 있는 엠퍼러(Emperor) 급 타이탄이 그 다음이었다.

'그리고⋯⋯.'

대륙을 통틀어도 몇 기 존재하지 않는 고대의 타이탄!

모든 타이탄의 정점에 있는 것이 바로 이 에인션트(Ancient) 급 타이탄이었다.

사실 비숍 급 타이탄만 해도 엔지니어들에게 있어 선망의 대상이었다.

아카데미에도 단 세 기만이 존재할 정도니 말이다.

하물며 엠퍼러 급이나 에인션트 급은 말할 것도 없었다.

'역시 타이탄 하면 껌뻑 죽는구나.'

갈등하는 시안을 보며 빙긋 웃는 팔콘이었다.

꽤 흔들리던 시안이었으나 결국은 냉정을 되찾았다. 그래도 목소리에 묻어나는 아쉬움을 어쩔 순 없었다.

"확률이 그리 높지는 않다고 봐. 게다가 무슨 위험한 일이 있을지도 모르고."

"음."

그 점에 대해선 팔콘과 칼리드도 의견을 같이했다.

내기일 뿐이라고는 해도 귀족들의 내기다. 수많은 음모와 암계가 존재했다.

엔지니어들이 '불의의' 사고를 당하는 건 다반사였다.

"쩝. 하긴 제국의 백작 자제쯤 되는 녀석이라면 하는 짓도 더럽겠지."

"음, 조심해서 나쁠 건 없을 것 같네."

팔콘과 칼리드가 한마디씩 건넸다. 시안은 굳은 표정으로 고개를 끄덕였다.

'귀찮은 일은 없었으면 좋겠는데……'

Chapter 2

타이탄 레이스

대략 10여 기의 수리를 끝마친 시안은 숙소로 돌아왔다.

　'고작 열 기라니.'

　평소의 절반도 안 되는 양이었다. 확실히 아이넬 공주의 일로 머릿속이 복잡해졌던 모양이다.

　"휴우, 드디어 단잠에 젖어 들겠구나. 형님 먼저 꿈나라로 가마. 잘 자라, 시안."

　팔콘은 옷도 제대로 안 벗고 침대에 몸을 던졌다.

　시안도 대강 세면을 하고는 침대에 누웠으나 잠은 쉬오지 않았다.

　"팔콘, 자냐?"

시안의 부름에도 대답이 없었다. 옆을 보니 팔콘은 어느새 잠이 들어 있었다.

"후우."

시안은 한숨과 함께 몸을 일으켰다. 아무래도 오늘은 쉬이 잠이 올 것 같지 않았다.

숙소 내에 마련된 마당으로 나섰다.

달빛이 쏟아지는 마당엔 귀뚜라미 소리만 요란했다.

시안은 가볍게 심호흡을 했다. 그 다음 자세를 바르게 하고는 마당 가운데에 정좌했다.

"어디……."

그리고 언젠가 칼리드가 가르쳐 줬던 마나 연공법대로 호흡을 조절하기 시작했다.

'뭐, 가벼운 운동 정도는 될 걸세.'

칼리드는 마나 연공법을 가르쳐 주며 그렇게 말했었다.

사실 원칙대로라면 칼리드는 타이탄 적재실에 출입할 수 없었다. 시안과 팔콘의 묵인하에 드나들 수 있게 된 것이다.

이 연공법은 그에 대한 감사의 의미로 칼리드가 가르쳐 준 것이었다.

물론 제대로 된 검술 교육을 받지 못한 두 사람에게 큰 의미는 없었다. 검사들처럼 마나를 오러로 변환해 발산

하는 일은 꿈도 꾸지 못했다.

그래서 팔콘은 몇 번 하다가 때려치웠지만, 시안은 습관적으로 계속해 왔다.

별 생각은 없었다.

단지 이 호흡을 할 때면 정신이 또렷해졌다.

그저 그게 좋았다.

'들이쉬면서 자신을 잊고, 내쉬면서 자신을 되찾는다.'

칼리드가 전해 준 일종의 구결.

이를 생각하며 호흡을 하다 보면 아랫배에 뜨거운 느낌이 뭉칠 때가 있었다.

그때쯤 자신을 돌아보면 땀이 송골송골 맺혀 있었다. 원인은 몰랐지만 왠지 개운했기에 멈추지 않았다.

"휴우."

이 연공법은 크게 두 개의 과정을 필요로 했다.

하나는 평소의 호흡.

일상의 호흡을 통해 공기 속의 마나를 뱃속에 모으는 것이었다.

그리고 지금의 의식적인 호흡을 통해 모인 마나를 정제한다고 했다.

그 마나의 정제란 게 제대로 이루어지고 있는 건지는 시안도 몰랐다. 그저 호흡을 할 때의 느낌이 좋을 따름이었다.

십여 분쯤 호흡을 한 시안은 몸을 일으켰다.

역시나 아랫배에 충만한 느낌이 있었다.

물론 그 느낌은 그다지 길지 않았다. 호흡 몇 번 하는 새에 사라지곤 했다.

칼리드라면 그 이유를 알 테지만 시안으로선 알 수 없는 일이었다.

'나중에 한번 물어볼까?'

사실 시안이 연공법을 배운 데엔 마나의 움직임을 이해하고픈 욕구도 있었다.

기사나 타이탄 라이더가 되고 싶은 것은 아니었다.

그저 마나의 움직임을 잘 파악하면, 그만큼 타이탄에 대해 이해하기 쉽지 않을까 싶었다.

타이탄이야말로 마나로 구동하는, 마나를 통해 생명을 얻는 존재이니 말이다.

'생명. 우리 엔지니어들은 타이탄에게 생명을 부여한다.'

시안은 무엇보다 그게 좋았다. 타이탄의 움직임을 알고 그 움직임을 스스로 만들어 낼 수 있다는 게 더없이 즐거웠다.

'그리고 언젠가는 내 힘으로 나만의 타이탄을 만들어 내고 싶다. 기왕이면 그 어떤 타이탄보다 뛰어난 최고의

타이탄을!'

그런 생각을 하면 가슴이 벅차올랐다.

"언젠가는……."

마당 위에 뜬 달을 바라보며 중얼거리는 시안이었다.

✤ ✤ ✤ ✤ ✤

이튿날.

시안은 여느 때처럼 연무장에 있었다.

이번 주 내내 대련용 타이탄들의 상태를 살피는 게 그의 일이었다.

지금도 막 두 기의 타이탄이 대련에 들고 있었다.

어제완 달리 두 타이탄의 기종은 달랐다.

한 기는 어제도 보았던 아이언 솔저, 다른 한 기는 블랙 레오파드(Black leopard)라 불리는 기종이었다.

"어느 타이탄이 더 강하지?"

어깨 너머에서 들려오는 익숙한 목소리.

시안은 한숨이 나오려는 걸 참으며 대답했다.

"확답하기 어렵습니다."

"설명해 주겠어?"

"아이언 솔저는 기체의 밸런스가 좋습니다. 속도와 힘, 무게 중심 등이 안정적으로 균형을 이루고 있지요.

반면 블랙 레오파드는 불안정합니다. 보다 빠른 반면 힘과 무게 면에서 부족하지요."

"그렇다면 블랙 레오파드 쪽이 불리하단 소린가?"

"아뇨. 가벼운 대신 빠릅니다. 약한 대신 유연하지요. 장단점이 분명한 만큼 그걸 잘 이용한다면 유리한 국면을 차지할 수 있을 겁니다."

"그렇군."

목소리의 주인공이 시안 옆에 털썩 앉았다.

시안은 조금 생각하다가 말을 건넸다.

"괜찮으시겠습니까?"

"뭐가?"

"치마가 더러워질 텐데요."

아이넬은 싱긋 웃었다. 그럼에도 몸을 일으키진 않았다.

"모든 귀족들을 결벽증 환자라곤 생각하지 않겠지? 기름이나 흙 조금 묻는 것을 기피하진 않아."

시안은 그녀에 대한 생각 일부를 수정했다.

타이탄 조종술이 상당한 것도 그랬지만, 확실히 온실 속의 화초는 아니었다. 오히려 치명적인 가시를 지닌 장미라면 모를까.

그리고 지금 그 가시 달린 줄기를 자신에게 뻗으려는 것일지도 모른다.

아이넬이 입을 열었다.

"저 둘 중에 누구 실력이 위인 것 같아?"

대화를 나누면서도 타이탄들에게서 거의 시선을 떼지 않았던 시안이다. 두 타이탄은 그새 몇 차례나 맹공을 교환했으니, 이미 라이더들의 자잘한 버릇까지 파악한 뒤였다.

"실력은 블랙 레오파드 쪽이 압도적입니다. 하지만 승리하는 건 아이언 솔저 쪽이겠죠."

"어째서?"

"블랙 레오파드의 라이더가 눈에 띌 정도로 봐주고 있으니까요."

쿠우웅!

시안의 말이 끝나자마자 블랙 레오파드의 몸이 연무장을 나뒹굴었다. 그냥 보아선 아슬아슬하게 패한 것처럼 보였다.

'대단하군.'

솔직히 감탄마저 나왔다. 그 정도로 블랙 레오파드 쪽 라이더의 실력이 교묘했다.

아마 아이언 솔저의 라이더는 정말 자기 실력으로 이긴 줄 알 것이다.

"으하핫! 아직 내 상대는 안 되는구나, 미켈."

우렁찬 목소리가 시안이 있는 쪽까지 울렸다.

자신만만한 어조로 소리친 이는 꽤 장성한 체격의 청년이었다. 얼굴 전체가 오만으로 가득한 인상이었다.

그때 아이넬이 시안의 귓가에 속삭였다.

"저자가 오스트 베인이야."

"……!"

시안의 눈동자가 살짝 흔들렸다.

"어차피 얘기는 대충 여기저기서 들었겠지? 저 녀석이 소문의 그 백작 자제지. 내게 치근거리다 모욕을 당하고는 열 받아 있는."

블랙 레오파드의 흉부가 열리며 다른 소년이 모습을 드러냈다.

아무래도 오스트의 수행원쯤 되는 듯했다.

크지 않은 목소리임에도 주위가 고요해 잘 들렸다.

"과연 도련님이십니다. 제 실력으론 도저히 상대가 안 되는군요."

"하핫! 과찬이야. 너도 제법이었다. 조금만 더 하면 나도 위협하겠어."

"설마요. 저야 이만큼 버틴 것만으로도 기적이지요."

"하하하! 그래도 좀 아쉽군. 이런 쓰레기 같은 기체가 아니라면 정말 내 진정한 실력을 보일 수 있을 텐데 말이야."

시안은 쓴웃음을 짓고 말았다.

오스트는 자기가 바보 취급을 당했다는 것도 모를 것이다. 그러면서 잘난 척하는 말이라니. 우습기 짝이 없었다.

'쓰레기 같은 기체라. 그런 기체의 능력마저 끌어내지 못했으면서 말은 잘하는군.'

살짝 비위가 상했지만 그래도 내색하진 않았다. 어차피 귀족들 상대로 열을 내 봐야 이득 될 건 없었다.

시안은 몸을 일으켰다. 타이탄들의 상태나 살펴볼 생각이었다.

그럴 요량으로 타이탄을 향해 걸어가는데, 아이넬이 옆에 따라붙었다.

"무슨……."

자기도 모르게 말을 꺼낸 시안.

본디 그가 함부로 말을 붙일 계제는 아니었지만 당황한 까닭에 목소리가 나오고 말았다.

그도 그럴 것이, 아이넬의 입장에선 오스트와 부딪쳐 좋을 게 없는데 시안이 걷는 방향은 오스트가 있는 곳이었던 까닭이었다.

예상대로 오스트는 곧바로 아이넬을 발견했다. 자신감 가득한 얼굴에 웃음기가 감돌았다.

"거기 오고 계신 분은 아이넬 공주님이시군요! 내기에 앞서 미리 패배를 시인하러 오셨습니까?"

"목소리 하나는 언제 들어도 시끄럽구나, 오스트 베인. 자기 마음대로 오해하는 멍청한 버릇도 여전하고."

"언제까지고 그렇게 도도할지 의문이로군요."

오스트가 타이탄에서 내려서서 다가왔다.

그의 뒤로 미켈이 그림자처럼 따라붙었다.

아이넬은 걸음을 빨리했고 어째 시안이 수행원처럼 그녀를 따르는 모양새가 됐다.

두 사람은 약간의 거리를 사이에 두고 섰다.

꼭 당장에라도 칼부림이 날 법한 팽팽한 긴장감이 형성됐다. 둘의 얼굴에 칼날처럼 벼려진 미소가 어렸다.

졸지에 휘말린 시안으로선 썩 좋지 않은 분위기였다.

'후.'

속으로만 한숨을 쉬고 있으려니 오스트가 선수를 쳤다.

"괜한 자존심은 더 큰 피해를 부르는 법입니다. 지금이라도 패배를 인정하시죠."

"그때처럼 입만 살았구나. 저번에 창피를 본 것만으론 부족했던 모양이지?"

"흥. 나는 이미 아카데미 최고의 타이탄 엔지니어를 고용했습니다. 내 승리는 결정된 것이나 다름없다는 말입니다."

"네가 최고라고 하는 걸 보니 그다지 신뢰가 가진 않

는걸."

오스트의 얼굴이 새빨개졌다.

"내기에 패배하고 나서도 그리 잘난 척을 할 수 있을지 봅시다!"

오스트는 씩씩거리며 아이넬을 스쳐 지나갔다.

미켈이 죄송스럽다는 얼굴로 목례를 하고는 그를 따랐다.

"저런 얼간이에겐 과분할 정도의 심복이야. 미켈도 저 바보의 비위를 맞추느라 참 힘들겠어."

혼잣말을 중얼거린 아이넬이 시안을 돌아봤다.

"내가 굳이 설명할 것은 없겠지? 아마 대강의 얘기는 들었을 거라 생각해."

"두 분이 다음 타이탄 레이스를 내기 수단으로 삼았다는 이야기는 들었습니다. 하지만 그 외에는 아무것도 모릅니다."

"오스트 베인이 말한 최고의 엔지니어는 라크론이란 남자야. 같은 엔지니어인 만큼 알고 있으리라 생각하는데……."

시안은 라크론의 얼굴을 떠올렸다. 그러고 보니 며칠 전 큰돈이 생겨 한턱 쏜다며 좋아하던 게 생각났다.

"그는 어느 정도의 실력자지?"

"확실히 최고 수준의 엔지니어입니다. 크리스털 엔진

개조에 있어선 대륙 전체를 통틀어서도 경쟁자를 찾기 힘들 겁니다."

"그런가?"

아이넬은 생각에 잠긴 표정을 했다.

시안은 고개를 설레설레 젓고는 타이탄들을 살폈다. 제발 더 이상 말을 걸어 주지 않기를 바라며.

물론 시안의 바람일 뿐이었다.

"네가 상대한다면 어떻겠어?"

"……제가 말입니까?"

"그래."

시안은 아이넬을 돌아봤다. 신경이 쓰여 타이탄에 집중할 수가 없었다.

최대한 짜증 섞인 기색을 내비치지 않게 조심하며 대답했다.

"뭐라 확답하긴 힘듭니다. 애초에 전 타이탄을 제작해 본 경험이 거의 없습니다. 반면 라크론 씨는 경험이 풍부하고요."

"승산이 전혀 없어?"

아이넬에게서 초조해하는 기색이 엿보였다.

시안은 몇 초간 생각하다 말을 꺼냈다.

"꼭 이겨야 하는 내기입니까?"

"패하면 오스트 베인의 약혼녀가 되어야 해."

시안의 눈이 조금 커졌다.

기껏해야 고가의 물품이나 대량의 돈이 오갈 거라 생각했는데 내기 품목이 전혀 의외였다.

그러나 이는 어디까지나 아이넬의 사정일 뿐이다.

아무리 안타깝대도 그것만으로 끼어들 수는 없었다.

"다른 실력 좋은 엔지니어를 알아보는 편이 낫지 않겠습니까?"

"글쎄. 며칠 동안 보아 온 바로는 네 실력이 가장 나아 보였어. 게다가 다른 이들의 말을 들어 보니 네 능력은 엔지니어 중에서도 특별하다던데. 특히나 촉진 능력은 최고고."

"어디까지나 정비를 위한 능력입니다. 타이탄 레이스엔 도움이 안 됩니다. 어디까지나 제작 능력이 필요한 경우니까요."

"그래서, 뭘 원하지?"

시안은 살짝 기막힌 기분이었다.

"그래도 저를 기용하겠단 말씀입니까?"

"이제 와서 다른 엔지니어를 찾을 여유도 없어. 어차피 라크론 수준의 엔지니어들은 모두 고용되었을 테고."

확실히 그랬다. 레이스 자체에 참가하려는 이들이 많은 만큼 100명의 엔지니어들 중 베테랑 급 이상은 이미 기용됐을 것이다.

시안은 결국 한숨을 쉬었다.

"솔직히 승리를 확답드릴 순 없습니다."

"네가 할 수 있는 최선을 다해 주기만 하면 돼. 경주용 타이탄은 팔 할이 엔지니어의 실력, 이 할이 라이더의 실력이라던가? 그렇다면 그 이 할 중에서 최대를 이끌어 내면 되겠지."

듣고 보니 아이넬 역시 자신에게 아주 큰 기대를 하는 것 아닌 듯했다.

'하긴 나라도 그럴 것 같군.'

오히려 이렇게 되니 마음이 편했다.

어찌 보면 경험을 쌓을 기회일 수도 있었다. 방금도 말했듯 타이탄 제작 경험은 거의 없는 자신이었으니 말이다.

'패배한대도 큰 피해는 없을 테고.'

아이넬의 일이야 안됐지만 그건 어디까지나 그녀의 사정이다. 자신이 관여할 바는 아니었다.

"저라도 좋으시다면, 힘을 보태 드리겠습니다."

"좋아, 다시 묻지. 뭘 원해? 네 연봉 정도의 골드는 당장에라도 마련해 줄 수 있어."

"아뇨, 돈은 필요 없습니다."

아카데미에서 지급하는 봉급만으로도 지내는 데엔 지장이 없었다.

두 손으로 허리를 짚은 아이넬이 도도한 표정을 지었다.

"그럼 뭘 원하지? 무료로 봉사하겠단 얘기는 하지 마. 받은 것도 없으니 노력하지도 않겠다는 자세 따윈 질색이니까."

"그럴 일은 없습니다."

쓴웃음으로 대답한 시안은 잠시 생각에 잠겼다.

그리고 조심스레 입을 열었다.

"필리안 왕국의 수호기병인 필리아모스, 그 구조를 직접 살펴보고 싶습니다."

"……"

아이넬이 날카로운 눈동자로 시안을 바라봤다.

비숍 급 이상의 타이탄엔 기종이 따로 없다. 그 모두가 양산형이 아닌 오리지널 기체이기 때문이다.

필리아모스 역시 그러했다. 대륙을 통틀어 같은 종을 찾을 수 없는 타이탄이었다.

'라이더의 가문'이라 일컬어질 정도인 필리안 왕가의 엠퍼러 급 타이탄!

엔지니어들에게 있어선 실로 꿈의 기체라 할 수 있었다.

시안은 눈을 내리깔고 겸손한 자세를 취했다.

어찌 보면 억만금을 요구한 것보다 더한 요구를 한 것일 수 있었다.

한 타이탄의 구조를 살핀다는 건, 말 그대로 그 타이탄의 철갑을 열어 보겠다는 의미니 말이다.

그것도 왕가의 수호신을.

한 엔지니어에게 타이탄의 구조를 보인다는 건 위험한 일이었다. 구조상의 특징이 유출될 수도 있고 최악의 경우엔 약점이 밝혀질 수도 있었다.

공주인 아이넬이라 해도 쉽게 대답할 수 있는 문제가 아니었다.

"네가 요구한 게 어떤 것인지는 잘 알고 있겠지?"

"그렇습니다, 아이넬 공주님."

"네 도움이 필요하지 않았다면 감옥에 가두었을 거야."

물론 이는 협박에 지나지 않다. 이곳은 베이탈 아카데미. 왕권의 영향력을 벗어난 곳이기 때문이다.

그러나 시안은 아무 말도 하지 않았다. 괜히 긁어 부스럼을 낼 필요는 없었으니.

"하지만 네 도움이 필요한 만큼 이 무례는 참도록 하지."

"감사합니다."

아이넬은 나직이 한숨을 쉬었다.

"네 요구를 속 시원히 들어주고 싶지만, 필리아모스는 아바마마의 소유야. 내가 멋대로 약속할 수는 없어. 거짓말을 하고 싶지도 않아."

"……."

"그러니 이렇게 하자꾸나. 널 왕실 엔지니어로 천거하겠다. 타이탄 레이스를 우승으로 이끈 엔지니어라면 그 누구도 토를 달 수 없을 거야."

팔콘이 언급했던 이야기가 조건으로 떠올랐다. 시안의 가슴이 터질 듯 쿵쾅거렸다.

시안은 고개를 깊이 숙여 목례했다.

"감사합니다, 공주님."

"네가 보기엔 어떠냐, 미켈. 아이넬 공주가 뭔가 수를 꾸미고 있을까?"

"영민한 분이시니, 손을 놓고만 계시진 않겠지요. 아마 이쪽의 전력은 거의 모두 파악하셨을 겁니다."

"흥. 그래 봐야 소용없는 일이다."

오스트의 입이 긴 곡선을 그렸다.

아이넬이 알고 있는 것과 달리 그가 기용한 이는 비단 라크론만이 아니었다.

크리스털 엔진, 바퀴, 마나 소통용 철관, 그 외에도 여러 부품들…….

각 분야의 최고 실력자들만을 골라 기용한 지도 오래였다.

실로 드림팀이라 할 법한 구성.

타이탄의 신이라도 온다면 모를까, 어지간한 엔지니어라면 상대도 안 될 게 뻔했다.

"크크크. 아이넬, 그 계집도 곧 내 앞에 무릎을 꿇게 되겠지. 약혼녀가 된 다음에도 그런 표정을 지을 수 있을지 궁금하구나."

오스트는 자신만만했다. 하기야 누가 봐도 승리가 분명한 상황이었다.

그러나 미켈로선 조금 석연찮은 구석이 있었다.

그의 표정을 본 오스트가 미간을 찡그렸다.

"음? 왜 그러냐, 미켈. 뭔가 문제라도 있느냐?"

"죄송합니다, 도련님. 아까 본 그 소년이 마음에 걸립니다."

"소년이라니?"

"아이넬 공주님 옆에 있던……."

오스트는 기억을 더듬었다.

그러고 보니 웬 녀석 하나가 아이넬의 옆에 있었던 것도 같았다. 그녀에게 정신을 쏟고 있었던지라 얼굴은 기억나지 않았지만.

"그 계집의 수행원이라도 되나 보지."

왕족과 귀족의 경우 같은 또래의 학생 수행원을 데리고 다닐 수 있었다.

미켈만 해도 그런 경우였다.

"아뇨, 그는 교복이 아닌 작업복을 입고 있었습니다."

"작업복? 그럼 학생이 아니라 타이탄 엔지니어라는 건가?"

"예. 그리고 제 기억이 옳다면, 그 소년이 아마 시안일 겁니다."

"시안?"

오스트 역시 그 이름을 들은 기억이 있었다.

그에게 기용된 엔지니어들이 한 번씩은 언급했었다. 무서운 녀석이라고, 정보를 빨아들이는 능력이 괴물 같다고.

특히나 정비에 있어선 적수를 찾을 수 없다던가.

"들은 기억이 있다. 하지만 타이탄 제작에 대한 이야기는 하나도 없더군. 게다가 어리고 경험도 적은 모양이던데."

"그래서 더 무서울 수도 있습니다. 그 나이에 아카데미에 고용됐다는 거니까요."

"흥. 그래 봐야 제깟 게 혼자 뭘 할 수 있겠나."

단언하듯 오스트가 말했으나 미켈의 표정은 여전히 어두웠다.

'경험이 적다는 건 앞으로 성장할 구석이 많다는 것이기도 하다. 그렇게 불완전함에도 대륙 최고의 엔지니어들과 어깨를 나란히 한다는 건⋯⋯.'

상당히 석연찮은 면이 있었다.

승리를 위한 설계에 이물질 하나가 끼어든 느낌이었다. 그러나 그것이 대세를 바꿀 수준이라고는 그도 생각하지 않았다.

'도련님의 말씀대로다. 내가 너무 과민 반응을 보인 것일지도 모르겠다.'

✤✤✤✤✤

"……."

시안은 눈을 감았다.

말없이 타이탄의 철갑 위로 손을 얹었다.

열을 머금은 합금의 따스함에 기분이 좋았다.

두근. 두근.

아직 마나의 잔재가 남아 있는 타이탄에게선 일정한 박동이 느껴진다. 꼭 심장의 맥동 같은 그 느낌은 많은 정보를 시안에게 주었다.

'네 능력은 특별하단다, 시안.'

시안을 거두고 가르쳤던 할아버지가 항상 하던 말이었다.

다른 사람들에겐 없는, 있어도 미약한 이 감각. 시안만을 위한 육감이라고 할 수 있었다.

'이러고 있으면 꼭 타이탄들이 내게 말을 걸어오는 것만 같다. 내 상태는 이렇고, 지금의 기분은 어떻다는 식으로.'

옛 고대의 마도시대.

그 당시 처음으로 타이탄을 제작했던 마법사들이 있었다.

그들이 타이탄을 부르는 또 다른 단어는 바로 영혼기병(靈魂機兵).

말 그대로 영혼을 지닌 기계 병사란 의미였다.

그저 옛 단어에 지나지 않았지만, 시안에겐 그 의미가 또 색다르게 다가왔다. 시안이 바라보는 타이탄들은 인간과 무척 닮아 있었다.

'아프면 아프다고, 기분이 좋다면 좋다고 신호를 해 온다.'

꼭 언어로 표현할 수 있는 것만 의지나 감정은 아니다.

촉진을 할 때면 그들의 감정을 읽을 수 있었다.

"야, 시안!"

우렁찬 목소리에 시안은 눈을 떴다.

잔뜩 상기된 얼굴의 팔콘이 적재실로 들어서고 있었다.

"너 이 자식! 아이넬 공주에게 스카웃 제의를 받았다면서? 그런데 이 형님한테 바로 보고하지 않고 여기에 있어?"

순식간에 소문이 퍼진 모양. 시안은 어색하게 웃고 말 았다.

"어쩌다 보니 그렇게 됐다."

"젠장! 이 부러운 자식!"

팔콘은 왼손으로 시안의 목을 두르곤 오른 주먹을 머리에 비벼 댔다. 시안은 예의상 버둥거리는 척을 했다.

'팔콘이 봐주는 건가?'

예전이라면 눈물이 찔끔 나올 만큼 아팠을 텐데, 이상하게도 지금은 아프지 않았다.

시안을 떼어 낸 팔콘이 한숨을 푹 쉬었다.

"쳇. 정말 행운의 여신이 너만 좋아하는 건 아닌가 모르겠다. 나도 시켜만 주면 정말 열심히 할 수 있는데."

"좋기만 한 건 아냐. 너도 공주와 백작 자제 사이의 내기 조건은 알고 있지?"

"약혼녀가 되거나 노예가 되거나, 둘 중 하나 말이지?"

"노예?"

천하의 제국 백작 자제를 노예로 삼겠다니, 과연 그녀다운 생각 같았다.

팔콘이 이내 진지한 표정을 지었다.

"그나저나 생각해 보니 큰일이네. 오스트 백작 자제 쪽을 보니 정말 쟁쟁한 분들만 모셨던데."

"엔지니어가 여럿인 모양이지?"

"내가 들은 것만 네 명이야. 더 있을지도 모르겠어."

시안은 표정을 굳혔다.

예상보다 상황이 더 나쁜 것 같았다.

"그렇다면 이쪽도 수를 보강해야겠군."

운을 슬쩍 떼니 팔콘이 간절한 눈으로 쳐다보고 있었다. 꼭 먹이를 바라는 근육질의 강아지 같은 모양새였다.

"좋아, 일단 공주님께 말씀드려 볼게."

"만세! 역시 너밖에 없다, 시안!"

"주먹으로 머리 비빌 때는 언제고."

"하하핫! 원래 남자는 과거에 얽매이지 않는 거야!"

유쾌하게 대꾸하는 팔콘의 모습에 시안도 피식 웃음을 흘렸다.

그러면서 머릿속으론 앞으로의 계획을 그렸다.

팔콘은 철관을 다루는 데 있어 천재적이었다. 게다가 시안과 달리 타이탄 설계 경험도 몇 차례 있었다.

"웨건 급 타이탄에 있어 가장 중요한 건 세 가지야. 크리스털 엔진, 철관, 그리고 몸체. 이 경우엔 차체라는 표현이 더 낫겠군."

크리스털 엔진은 타이탄의 심장이다.

룬 스톤에 저장된 마나를 활성화시켜 동력으로 바꾸는 역할을 한다.

철관은 합금으로 이루어진 마나 통로다.

엔진에서 활성화된 마나를 타이탄의 몸 곳곳으로 이동시킨다.

"그렇다면……."

팔콘의 설명을 듣던 시안이 말했다.

"최소 한 명을 더 영입해야겠네. 철관 설계야 네가 하면 될 테고, 크리스털 엔진에 정통한 사람이 필요하겠어."

"몸체는 네가 맡고?"

"응. 그 정도는 가능할 것 같다."

레이스용 웨건 급 타이탄이다. 말 그대로 속도가 생명이라 할 수 있었다. 그렇다면 차체 역시 속도를 살리는 쪽으로 가야 했다.

'최대한 저항을 적게 받는 형태로.'

그 정도라면 지금의 시안으로서도 가능했다.

아니, 오히려 자신 있었다.

'타이탄의 입장에서 생각해 본다면…….'

라이더의 조종을 받는다지만 직접 달리는 것은 어디까지나 타이탄이다. 그런 만큼 타이탄의 '이야기'를 들을 수 있는 시안이 유리했다.

어느 부위에 저항이 오는지 확인할 수 있기 때문이다.

'몇 차례 실험만 할 수 있으면 된다. 그에 따라 형태를 바꿀 수도 있겠지.'

대강의 계획을 머릿속에 그리는 시안이었다.

팔콘은 밖으로 향할 채비를 했다.

"그럼 내가 한번 알아보고 올게. 근데 엔진 잘 다루는 사람이 남아 있을지 모르겠다."

"음……."

시안이 미간을 찡그렸다.

엔진의 중요성이 큰 만큼 실력자들은 이미 모두 스카웃되었을 것이다.

당장 오스트만 해도 엔진 전문가인 라크론을 언급하지 않았던가.

"라크론 씨만 한 실력자가 있을까?"

"몇 사람 떠오르는 분들이 있긴 한데……."

"이미 기용됐을 확률이 높다는 거군."

"아무래도 수입이 짭짤하니까. 솔직히 귀족 놈들 돈지랄하는 수준은 알아줄 정도잖아?"

"어지간한 실력으로는 오스트 베인 쪽 엔지니어들을 이기기 힘든데……."

두 사람은 불편한 얼굴로 침묵했다.

기왕 이렇게 된 거, 가능하면 내기에서 이기고 싶은 게 둘의 마음이었다.

물론 승패는 마음만으로 정해지지 않는다. 그러나 패한대도 일단은 가진 모든 것을 쏟은 뒤에 패했으면 싶었다.

"크리스털 엔진에 정통하고……."

"아직 다른 세력에 기용되지 않았을 사람."

"과연 그런 사람이 있긴 할까?"

불편한 침묵이 다시 시작되려는 찰나.

시안이 조심스레 입을 열었다.

"어쩌면."

"뭐?"

"어쩌면 있을지도 몰라."

팔콘은 의혹 반 궁금증 반의 얼굴로 시안을 보았다. 그가 생각하기엔 도저히 조건에 부합되는 이가 없었다.

그렇다고 시안이 그보다 많은 엔지니어를 아는 것도 아니다. 오히려 인맥이라면 팔콘 쪽이 더 넓고 깊은 편이었다.

"대체 그게 누군데?"

시안이 진지한 얼굴로 대답했다.

"기술부장님."

✤ ✤ ✤ ✤ ✤

록펠 기술부장은 기막힌 얼굴로 되물었다.

"그러니까, 지금 나보고 타이탄 레이스에 참여해 달란 말인가?"

"흠, 사실 그게 말입니다, 기술부장님……."

"방금 드린 말씀 그대로입니다."

시안이 팔콘의 말을 자르며 나섰다. 팔콘이 움찔해서는 책망하듯 시안을 보았다. 그의 낯빛은 시퍼렇게 변한 지 오래였다.

'정말 기술부장님께 부탁하러 오다니!'

아카데미 내 모든 엔지니어들의 대표, 그가 바로 기술 부장이었다.

굳이 서열을 따지자면 학과장과도 견줄 수 있는 자리다. 아니, 타이탄의 중요성을 생각한다면 오히려 그 이상으로 봐도 좋았다.

시안은 그런 록펠에게 부탁을 하러 온 것이다.

록펠은 탐탁찮은 투로 말을 꺼냈다.

"일단 자네의 부탁이 좀 당황스럽다는 걸 말해야겠군."

'끄응.'

팔콘은 두 눈을 찔끔 감아 버렸다.

물론 불가능한 부탁은 아니다. 베이탈 아카데미에선 타이탄 레이스를 일종의 문화로 인정해 주고 있으며, 그에 대한 엔지니어들의 행동 대부분에 제약을 두지 않았다.

엄밀히 말하자면 기술부장이 참여한대도 문제는 없는 것이다.

그러나 과연 누가 그런 생각을 할까?

검술학부장에게 대련을 부탁하는 것 역시 금지 사항은 아니다. 그러나 검술학부장에게 대련을 부탁하는 학생은 없다. 지위라는 이름의 벽 때문이다.

시안의 행동은 실로 파격적이었다.

"힘드시겠습니까?"

그렇게 묻는 시안의 표정은 진지했다.

록펠은 확답하지 않고 반문했다.

"자네들도 타이탄 레이스에 참가하는 모양이군. 누구에게 기용됐나?"

"필리안 왕국의 아이넬 공주님입니다."

"음, 영특하신 분이지. 그러고 보니 타이탄 조종 수업에서 높은 점수를 받으셨던 게 기억나는군."

주름 가득한 록펠의 얼굴에 인자한 웃음이 감돌았다.

그 역시 본디 엔지니어 출신.

뛰어난 라이더를 볼 때 느끼는 기쁨은 다른 엔지니어들과 같았다.

"그런데, 이 일은 공주께서 부탁하신 건가?"

"아닙니다. 제가 생각해 낸 것입니다."

"시안, 자네가?"

"예. 이미 최고 실력의 엔지니어들 대부분은 다른 귀족들에게 기용됐습니다. 이미 선점된 이들을 어찌 할 수는 없지요. 그렇다고 약간 떨어지는 엔지니어와 작업을 해선 레이스에서 승리할 수 없습니다."

긴장한 팔콘은 몰랐지만 록펠의 얼굴엔 어느새 장난기가 감돌고 있었다.

"흐음, 계속 말해 보게."

"말씀드린 대로 최고의 엔지니어 중 거의 모두가 이미 다른 귀족에게 속했습니다. 하지만…… 그렇지 않은 분도 계시지요. 차마 어떤 이도 감히 기용할 생각을 못 하는, 그러나 기용하는 자체가 규칙에 위배되지는 않는."

잠시 뜸을 들인 시안이 말을 이었다.

"바로 기술부장님 말입니다."

"허허허."

록펠은 새하얀 턱수염을 쓰다듬으며 웃었다.

사실 관계를 나열하며 자신을 살짝 띄워 주는 화법. 제법이란 생각이 들었다. 동시에 시안의 기발함이 마음에 들었다.

'과연, 이 아이를 받아들인 것은 실수가 아니었어.'

록펠은 1년 전을 떠올렸다.

고작 10명만에게 주어지는 아카데미 엔지니어의 자리. 이를 위한 시험장에 모였던 10,000명이 넘는 지원자들.

무려 1:1,000이라는, 역대 최대의 경쟁률을 자랑했던 시험이었다.

그곳에서 시안을 뽑았던 이가 다름 아닌 록펠이었다.

시안의 말은 어디로 보나 잘못이 없었다.

엄밀히 말해 기술부장이라 해도 한 사람의 엔지니어. 타이탄 레이스에 참가할 자격은 충분했다.

외려 그간의 나날은 조금 지루하기도 했다. 부장이란 미명하에 서류나 인사들 따위와 씨름해 왔던 록펠이었으니 말이다.

안 그래도 합금의 감촉과 기름의 향기, 현장의 생명력이 그립던 차였다.

시안의 제안은 간접적으로나마 그 갈망을 건드린 것이었다.

'흠흠. 이렇게 되니 살짝 가슴이 뛰는구먼.'

록펠은 가볍게 헛기침을 했다.

흥분을 가라앉히기 위한 행동이었지만 팔콘은 지레 겁을 먹었다.

'크윽. 불호령이라도 내리시면 어쩌지?'

"꽤 재미있는 제안이었네, 시안."

시안과 팔콘의 표정이 밝아졌다.

"그렇다면……."

"하지만 백 명의 엔지니어를 대표하는 기술부장으로서, 어느 한 팀의 편을 맹목적으로 들어주는 것은 조금 불공평할 수도 있네. 솔직히 내가 끼면 게임이 안 되지 않겠나? 너무 압도적일 테니 말씀이야."

그렇게 말하며 한쪽 눈을 찡긋 해 보이는 록펠. 능청스러운 그 모습에 시안은 미소를 지었다.

"이렇게 하지. 내가 요사이 만지고 있던 크리스털 엔진 하나를 자네들에게 줌세. 미완성품인 만큼 불완전한 부분이 있지만, 어지간한 엔지니어의 것보단 나을 것이네. 그것을 자네들이 개량하여 타이탄 레이스에 사용하도록 하게."

록펠이 푸근한 미소로 말을 이었다.

"이는 자네의 창의성과 대담함에 대한 상일세, 시안."

"그 정도면 충분합니다. 정말 감사드립니다, 기술부장님!"

"저도 같이 감사드립니다!"

시안과 팔콘은 허리까지 굽혀 가며 인사를 했다.

솔직히 시안으로서도 도움을 받을 수 있을 거라고는 확신하지 못했다. 반쯤은 지푸라기를 잡는 심정으로 부장실을 찾은 셈이었다.

팔콘은 한술 더 떠 욕먹고 쫓겨나지만 않아도 다행이라 생각했다. 그런데 예상치 못한 결과가 돌아온 것이다.

아카데미의 기술부장이라면 정녕 대륙 엔지니어들의 정점!

특히나 록펠은 한때 황제의 타이탄을 전속으로 맡았던 엔지니어였다.

그런 그가 만든 엔진이다.

자체의 성능은 보장된 것일 터. 더불어 배울 구석이 무척이나 많을 터였다.

"하지만."

록펠의 말투가 조금 딱딱해졌다.

"내기에서 패할 경우엔 자네들의 향후 일 년 동안의 봉급은 없네. 이 정도 페널티는 있어야겠지?"

"좋습니다."

시안이 지체하지 않고 대답했다.

이미 많은 도움을 받았다. 더 많을 것을 바란다거나 아무런 대가도 지불하지 않겠다는 건 말도 안 됐다.

'오히려 이러는 편이 더 불타오르기도 하고 말이야.'

Chapter 3

크로고스 백작

크리스털 엔진은 타이탄의 심장이다.

그러나 동시에 가장 고장 나기 쉬운 부분이기도 하다.

마나를 변환시키는 부분인 만큼 금속보단 보석이 더 사용되니 이는 곧 내구도가 약해 깨지기도 쉽다는 의미다.

"음……."

시안은 조심스럽게 엔진의 덮개를 열었다. 각종 룬 스톤과 보석들이 부착되어 있는 엔진의 내부는 무척 복잡했다.

그 복잡함이 시안의 마음을 사로잡았다.

"이게 바로……."

대화를 한 바로 다음 날 건네받은 엔진.

아카데미의 기술부장 록펠의 작품이었다.

시안은 우선 엔진 내부를 살펴봤다. 그 외의 어떠한 행동도 벌이지 않은 채 엔진의 구성과 형태에만 집중했다.

처음엔 난잡하기 그지없었다.

반짝이는 건 보석이고 이어져 있는 건 미세한 철관들이란 것밖에 몰랐다.

그러나 계속 바라보고 있으니 그 구성들이 조금씩 이해되기 시작했다.

그러나 아직은 부족했다.

'배웠던 것들을 차근차근 떠올려 보자.'

타이탄과 관련한 지식 대부분은 할아버지에게서 전수받았다. 그중에는 당연히 크리스털 엔진에 관한 것도 있었다.

'가장 중요하면서 섬세한 곳이 바로 엔진. 때문에 지금까지는 내부를 살펴볼 기회가 거의 없었다.'

다른 부품들과 달리 경험해 본 적이 없다.

그런 만큼 이론에 상당 부분 의지해야 했다.

'나머지는 지금 배워 간다고 생각하자.'

내부 설계는 팔콘에게 맡겼다.

시안이 할 일은 이 크리스털 엔진을 개량하는 것, 동

시에 차체를 구상하는 것이었다.

"으음, 우선은 다른 엔진들과 비교해 볼까?"

적재실에 굴러다니는 폐기 처분된 엔진을 몇 개 가져왔다. 그중 내부 부품이 남아 있는 것들만 골라 덮개를 열었다.

일단 일일이 비교해 보기로 했다.

그러나 이내 벽에 부딪쳤다.

"끄응."

록펠의 크리스털 엔진은 왠지 이상했다.

시안이 기억하는 이론과 부딪치는 부분, 부합되지 않는 부분이 많았다. 동력에 손해가 갈 게 분명한 구성이 심심찮게 보였다.

무려 기술부장이란 사람이 만든 것인데, 평범한 엔진만 못하다고 느껴졌다.

분명 문제가 있는 것이다.

"내게 있거나, 이 엔진 자체에 있거나."

다만 어느 쪽인지 분간하기가 힘들었다.

"역시 배울 것은 아직도 많았어."

모르는 게 많다는 건 더 성장할 수 있다는 사실이기도 하다. 가벼운 감동에 시안의 얼굴이 밝아졌다.

그러나 그런 사실에 순수하게 기뻐하기엔 상황이 나빴다.

이미 타이탄 레이스는 보름 앞으로 다가와 있었다.

"어떻게든 그 시간 안에 답을 내야 한다."

하지만 어떻게?

시안 자신이 부족하다는 건 깨달았다. 그렇다면 그 부족한 지식이나 경험을 보완해야만 했다. 지금 떠올려야 할 것은 그 방법이었다.

"으음."

잠시 골몰하던 시안이 시원하게 고개를 끄덕였다.

"그래, 일단은 기본에서부터 다시 시작하자."

베이탈 도서관은 기본적으로 베이탈 아카데미의 학생들 전용이었다. 그러나 필요에 따라선 엔지니어들에게도 개방되었다.

그러나 의외로 도서관을 이용하는 엔지니어는 많지 않았다.

그 이유는 크게 둘이었다.

하나는 학생들.

절반 이상이 귀족인 그들은 기름기 묻은 엔지니어들을 찌꺼기 보듯 했다. 향수 따위에 익숙한 그들의 코는 때와 기름에 찌든 냄새를 못 견뎌 했다.

인상을 찌푸리는 건 기본, 어떨 때는 살기까지 담아 쳐다봤다. 평범한 육체의 엔지니어들로선 이를 견디기 힘들었다.

마나 연공법을 익힌 그들의 살기는 평범한 육체엔 독기나 다름없었다.

다른 하나의 이유는 서적의 내용.

도서관 내 타이탄 관련 장서는 실로 어마어마하다.

그러나 대부분 기본적인 수준이었다.

학생들이 타이탄을 이해하기 위해 보기엔 나쁘지 않았으나 아카데미에 들어올 정도의 엔지니어에겐 걸음마나 다름없었다.

굳이 볼 필요가 없었던 것이다.

때문에 엔지니어들은 도서관 근처에 갈 일이 없었다. 숙소와도 멀어 일부러라도 찾기 힘들었다.

그런 만큼 시안의 존재는 눈길을 끌었다.

"뭐지, 저 녀석?"

"으윽, 기름통에 몸이라도 처박았던 건가?"

시안에게서 나는 기름 냄새에 학생들이 눈살을 찌푸렸다.

몇몇은 시안의 차림새를 보고 혀를 찼다.

"쯧. 엔지니어 녀석이군."

"엔지니어라고? 외관만 봐선 우리 또래인데. 저렇게 어린 엔지니어도 있었나?"

"타이탄 엔지니어가 도서관엔 무슨 일이지?"

"흥! 타이탄 레이스가 다가온다고 자기네가 학생이라도 됐다고 생각하는 거야, 뭐야?"

무시하려 해도 들리는 목소리들. 하지만 시안은 신경 쓰지 않으려고 했다. 솔직히 저런 비아냥거림에 신경 쓸 여유도 없었다.

'고작 보름뿐.'

그 안에 답을 찾아내야 했다.

어쭙잖은 감정싸움에 휘말려서야 안 될 일이었다.

시안은 도서관 사서에게 향했다.

"어머, 엔지니어님이시군요. 무엇을 도와드릴까요?"

학생들과 달리 평민인 사서는 시안의 기름 냄새에도 동요하지 않았다. 그저 신기하다는 눈으로만 바라볼 따름이었다.

"타이탄 관련 서적을 좀 찾아보려는데요. 어디에 위치해 있는지 좀 알려 주셨으면 해서요."

"아, 타이탄 관련 서적 말씀이군요."

사서는 붉은 머리칼을 양 갈래로 땋은 여자였다. 대략 20대 초중반으로 보였는데, 말로 설명하려다 질문부터 꺼냈다.

"도서관은 처음 오시는 거죠?"

"예."

"그럼 직접 안내해 드리는 편이 낫겠네요. 그편이 안

전하기도 할 테고…….”

시안은 의아한 표정을 했다. 책만 가득한 도서관에서
웬 안전을 찾는단 말인가?

말없이 의아해하는데 그녀가 손짓을 했다.

“따라오세요.”

시안은 그녀를 따라 걸었다.

사서는 시안을 지하 1층으로 안내했다.

계단을 걸어 내려가며 그녀가 설명했다.

“타이탄 관련 서적은 일 층 구석에 있어요. 학생들의
시선이 좋지 않아서 사람이 없는 지하로 돌아가는 편이
나을 것 같았어요.”

“학생들이요?”

“엔지니어님을 잡아먹을 듯이 노려보고 있던데요? 제
가 다 숨이 멎을 것 같더라고요.”

시안은 쓴웃음을 지었다. 왠지 뒤통수가 가렵다 했더
니 그들의 시선 때문이었던 듯했다.

“그런데 별일이네요. 아카데미 엔지니어쯤 되시는 분
이 관련 서적을 찾으시다니.”

“공부할 부분이 있어서요.”

사서는 새삼스러운 눈으로 시안을 돌아봤다.

“대단하시네요.”

“네?”

"그렇잖아요? 베이탈 아카데미의 엔지니어라면 대륙 최고의 실력자인데, 그런 자리에 있으면서 더 배우려고 하시니 말이에요. 원래 자신의 부족을 인정하는 건 높은 곳에 있을수록 어려운 법이잖아요."

그렇게 생각할 수도 있겠구나 싶었다. 그렇다고 시안을 제외한 다른 엔지니어들이 게으른 것은 아니었지만 말이다.

"게다가 나이도 저보다 어려 보이시는데."

"하하."

딱히 대답할 말이 없어 웃음으로 때우는 시안이었다.

다시 계단을 올라 1층으로 향하니 사람 하나 없는 한적한 방이 나타났다. 사서가 몸을 빙글 돌려 방 안을 손으로 가리켰다.

"이곳 전부가 타이탄 섹션이에요. 아마 여기까지 올 학생은 없을 테니 마음껏 둘러보고 독서하세요. 책에 기름을 묻히지만 않으시면 돼요."

"그럴게요. 안내해 줘서 감사합니다."

시안은 인사를 마치고 방을 둘러보려 했다. 그런데 사서는 바로 떠나지 않았다.

"내일도 오실 거죠?"

"예? 예. 아마도 며칠 왔다 갔다 할 것 같네요."

"그럼 통성명이라도 해요. 레지안이라고 해요."

시안은 레지안이 내민 손을 멍하니 보다가 장갑을 벗어 악수를 했다.

"시안이라고 합니다."

"그렇군요. 그럼 시안 님, 즐거운 독서 되세요."

"그러죠. 레지안 씨도 좋은 하루 되세요."

　레지안은 올 때와 달리 계단이 아닌 문으로 나갔다. 하긴 그녀 혼자인 만큼 별 문제는 없으리라.

　'내가 나갈 때엔 지하로 돌아서 가야겠지?'

　확실히 학생들의 눈길이 좋지 않긴 했나 보다. 일면식도 없는 사서가 나서서 보호해 주려 할 정도라니.

"쳇. 냄새가 나면 얼마나 난다고."

　시안은 나직이 투덜거리고는 그 일을 기억에서 지웠다. 지금 집중해야 할 곳은 따로 있었다.

　일단 한 책장의 책 제목들을 모두 살폈다.

　그중 크리스털 엔진과 관련된 서적을 모두 꺼내어 방안 탁자에 올렸다.

　그리고 한 권씩 빠르게 읽어 나갔다.

"……."

　책 하나를 끝내는 데엔 그리 오래 걸리지 않았다.

　시안쯤 되는 엔지니어라면 이미 예전에 배우고도 남은 내용들이었다.

　그러나 보는 것에만 그치진 않았다.

이미 배운 것이라 해도 머릿속에 새겨 보고, 혹여나 다르게 볼 수도 있는지 생각했다.

이미 완벽히 암기하고 있는 록펠의 엔진에 책 속 이론을 대입하고 거기서부터 새로운 가설을 도출하고 검토했다.

책을 읽는다고는 하나 실제론 집중력을 높여 사고를 확장시키고 있는 것이었다.

시간은 빠르게 흘렀다.

창밖으로는 어느새 붉은 노을이 새어 들어오고 있었다.

탁자에 쌓인 책도 수십여 권.

글씨가 잘 보이지 않을 정도가 된 뒤에야 고개를 드는 시안이었다.

"휴우."

몇 시간 동안 처박고 있었던 고개에서 뚜둑 하는 소리가 났다. 고개를 좌우로 꺾은 시안은 몸을 일으켰다.

절로 한숨이 나왔다.

"정말 돌아 버리겠군."

"생각한 것만큼 잘 풀리지 않는 모양이지?"

"……!"

시안은 귀신이라도 본 눈으로 고개를 돌렸다.

책으로 이루어진 벽 너머, 아이넬이 의자를 끌어 와 앉아 있었다. 그녀가 있는 줄도 몰랐던 시안은 숨이 막히는 기분이었다.

"언제부터 계셨습니까?"

"대충 한 시간 전쯤?"

마지막으로 책을 가져온 직후였다. 결국 시안이 생각에 몰두하는 내내 바로 옆에 있었다는 소리다.

시안은 굳은 얼굴로 고개를 숙였다.

"정말 죄송합니다. 오신 줄도 모르고……."

"됐다. 오히려 네가 노력하는 게 느껴져 기분이 좋구나."

아이넬은 희미한 미소를 지었지만 시안은 그녀처럼 웃을 수가 없었다. 반나절을 투자했음에도 사고에 진전이 없어 미칠 것 같았다.

"그런데 조금 의외구나. 내가 알기로 베이탈 아카데미의 엔지니어쯤 되면 이런 책들이 의미가 없을 텐데?"

레지안에게서도 들었던 질문.

"생각을 정리할 시간이 필요했습니다."

"그렇군. 기초적인 책을 읽으면서 지식을 재정립한다는 거구나."

아이넬은 손가락에 책을 올려 빙글빙글 돌렸다. 가녀린 손가락으로 돌리기엔 무거운 책이었으나 그녀는 장난

치듯 돌리고 있었다.

홀린 듯 그 모습을 보던 시안이 물었다.

"마나입니까?"

"그래. 타이탄의 혈액. 육체를 강화해 주기도 하며 마법을 구현하기도 하는 원천. 네겐 보이지 않겠지만 지금 내 손가락엔 마나가 흐르고 있다. 타이탄이 그렇듯이 말이야."

시안은 고개를 갸웃했다.

그녀는 보이지 않을 거라 했지만 아니었다. 시안은 똑똑히 볼 수 있었다.

꽃의 줄기 같은 그녀의 손가락 위로 백색의 빛 무리가 반짝였다. 자잘한 빛의 입자들이 그 주변을 책과 같은 방향으로 회전했다.

아이넬은 책을 붙잡아 책장에 꽂았다.

"팔콘이라는 엔지니어가 날 찾아왔었다. 자기 말로는 너와 협력하기로 했다던데."

"아."

시안은 미간을 찡그렸다. 아차 하는 생각이 들었다.

"죄송합니다. 미리 말씀을 드렸어야 했는데."

"괜찮아. 아군이 늘어서 나쁠 건 없으니까. 물론 그 아군이 제 구실을 한다는 전제에서 말이지만."

"믿을 수 있는 친구입니다. 철관 설계 및 조절 능력은 제 이상이고요."

"그래?"

아이넬의 얼굴에 문득 장난스런 미소가 스쳤다.

"바라는 보상이 재밌더구나."

'보상?'

그러고 보니 내기에서 이겼을 때의 보상으로 뭘 원하는지 듣질 못했다. 말 많은 팔콘임을 생각해 보면 이상한 일이었다.

아이넬은 피식 웃으며 말을 이었다.

"내 키스를 받고 싶다던데?"

'이런 미친 자식.'

시안은 찌푸려진 얼굴을 손으로 가렸다. 팔콘의 목이 달아나지 않은 게 신기할 지경이었다.

'아니, 어쩌면 이미 달아났을지도. 하여간 스스로 매를 버는구나.'

설마 그럴까 싶기도 했지만 모를 일이었다. 시안이 지금껏 들어 온 아이넬에 대한 소문은 하나같이 흉흉했던 것이다.

냉정하기가 얼음장과 같은 미소녀.

칼날보다 날카로운 가시를 지닌 백장미.

마음에 안 드는 자는 가차 없이 베어 버린다는 소문까지 있었다.

꿀꺽.

한번 생각을 하게 되니 그녀의 미모마저 정말 차가워 보였다. 동시에 팔콘이 괜찮을까 하는 생각이 시안의 머릿속을 스쳤다.

"팔콘은 지금 어디 있습니까?"

"응?"

동그란 눈으로 시안을 보던 아이넬이 장난스럽게 반문했다.

"녀석의 방자함을 빌미로 감옥에 가둬 두었다면?"

"풀어 주시기를 선처하겠습니다. 입이 가볍긴 해도 그 친구가 없으면 타이탄 레이스에서 승리할 길이 사라지게 됩니다."

"픕. 푸후후훗!"

결국은 아이넬이 웃음을 터트렸다. 조금 전까지 냉정해 보이던 인상이 그 웃음 하나로 완전히 바뀌었다.

아름다웠다. 타이탄에만 관심이 있는 시안마저 가슴이 뛸 정도로.

한참을 웃은 아이넬이 눈물을 닦으며 말했다.

"난 그런 것도 생각하지 못할 만큼의 바보가 아니야. 그리고 그 팔콘이란 엔지니어가 마음에 들기도 했고."

"그렇다면……."

"볼에 하는 키스라면 해 줄 수도 있다고 했지."

시안은 안도의 한숨을 쉬었다. 그리고 몇 초 안 되어 부끄러움을 느꼈다.

'나도 참 멍청한 생각을……'

생각해 보니 이곳은 아카데미다. 아무리 왕족인 그녀라 해도 아무나 감옥에 가두느니 할 수는 없다.

알고 있던 사실이었는데 당황하다 보니 그만 잊고 말았다.

허둥거리는 자신이 얼마나 우스웠을지 생각하니 얼굴이 다 빨개졌다. 팔콘이 봤다면 몇 달을 두고두고 놀려 먹었을 것이다.

아이넬은 싱긋거리는 얼굴로 말했다.

"이만 가 봐야겠구나. 방해하지 않을 테니 더 있도록 해. 필요하다면 촛불을 가져다 놓게 말해 두겠다. 아니면 오늘은 이만 쉴 생각이야?"

"조금 더 생각해 보겠습니다. 필요하면 제가 말하겠습니다, 공주님."

"그럼 그렇게 해. 아, 그리고 네게도 해 줄 수 있으니 열심히 해 봐."

"……예?"

멍해 있는 시안에게, 아이넬은 손가락을 입술에 댔다가 떼어 보였다.

그녀는 소리 없이 떠나갔다.

시안은 맥이 풀려 자리에 주저앉았다.

꼭 폭풍이라도 지나간 것 같았다. 몇 마디 말을 나누지도 않았건만 아이넬 필리안의 영향력은 시안을 몇 번이나 들었다 놨다.

그러나 언제까지고 그녀만 생각할 순 없었다.

시안은 짝 소리가 나게 두 볼을 때리고는 눈을 감았다. 어두워진 만큼 책을 보긴 어려웠다. 그리고 당장은 그럴 필요도 없었다.

머릿속으로 크리스털 엔진을 그렸다.

다시금 깊은 생각 속으로 빠져들어 갔다.

✤ ✤ ✤ ✤ ✤

기이이이이잉.

스산한 바람이 벌판을 쓸고 갔다. 연갈색 갈대들이 한 방향으로 드러누워 거대한 파도를 이루었다.

그런 벌판의 한가운데에, 10여 대의 청색 타이탄들이 도열해 있었다.

철컹! 철컥철컥. 철컹!

연달은 쇳소리를 낸 타이탄들은 모두 같은 기종이었다. 오른쪽 어깨 위로는 키보다도 긴 포대를 메고 있었는데 그것을 정면을 향하여 겨눈 상태였다.

위이이이이이잉…….

한 타이탄당 하나씩.

10여 개의 포대 위로 마나의 소용돌이가 뭉쳐들었다.

나이트 급의 초장거리 포병형 타이탄, 드래곤 버스터(Dragon buster)!

제국의 상징인 이 타이탄들이 한 사람의 명령을 기다리고 있었다.

철혈의 백작이라 불리는 크로고스 베인이 입을 열었다.

"발포."

콰과과과과광—!

엄청난 굉음과 땅을 뒤흔드는 진동이 벌판에 몰아쳤다. 갈대들이 불규칙하게 자지러졌다. 타이탄 가까이의 땅이 몇 뭉텅이씩 치솟았다.

무려 10여 대가 넘는 타이탄들이 일거에 마나 자주포를 발사한 만큼 그 여파도 엄청났다.

물론 공격당한 쪽만큼은 아닐 것이다.

피리리리리릭!

마나 포환들이 바람을 꿰뚫으며 허공을 날았다.

쿠구구구구구구……!

수 킬로미터 떨어진 언덕 위에 불꽃의 바다가 수놓아졌다. 동산 하나가 새빨간 화염으로 물드는 광경은 실로 장관이었다.

벼락같은 선제공격이었다.

그에 걸맞은 공격이 이어져야 했다.

"전군에 진형을 맞춰 돌진하라 일러라."

"알겠습니다."

크로고스 백작의 명령은 마법사들에 의해 20,000정
병들에게로 곧장 이어졌다.

명령을 하달받은 장수들의 목소리가 벌판을 울렸다.

"전구우우우운!"

"돌진하라!"

"우와아아아아ㅡ!"

사기충천한 제국군 병사들이 포격으로 초토화된 언덕
을 향해 진군했다. 무려 20,000이나 되는 병력이 벌판
을 까맣게 물들이는 장관을 연출했다.

지금은 진정 타이탄의 시대다.

그러나 그렇다고 해서 병사의 쓰임이 사라지는 것은
아니다.

포격으로 인한 먼지가 채 사라지지 않은 곳에서 거대
한 그림자들이 모습을 보였다. 크로고스 백작이 있는 곳
에서도 확인될 정도였다.

"삼국 연합군 측 타이탄들이 모습을 드러냈습니다."

예상대로 연합군 측 타이탄 부대였다.

마법사의 보고 앞에서도 크로고스 백작은 무심한 얼굴을 유지했다.

"대략적인 상태는?"

"정상적이진 않아 보입니다. 절반 이상이 움직임에 이상을 보이는 듯합니다."

크로고스 백작의 얼굴에서 미소가 슬쩍 나타났다 사라졌다.

"드래곤 버스터의 일제 포화는 성공적이었다. 피해를 입은 솔저 급 타이탄 정도야 병사들의 선에서 해결할 수 있겠지."

타이탄의 시대.

그렇기에 병사들도 대 타이탄용 전투에 정통했다.

크로고스 백작이 있는 진영에서 수 킬로미터 떨어진 선진에선 그 모습이 유감없이 발휘되고 있었다.

"우와아아아!"

최선두의 병사들이 허리춤의 마나 폭탄을 꺼냈다.

마력을 저장하는 효능을 지닌 룬 스톤. 이를 가공하여 만든 게 대 타이탄용 마나 폭탄이었다.

평소엔 그저 가공된 돌멩이에 지나지 않는다. 그러나 활성화된 마나와 접촉할 경우 폭발을 일으킨다.

그리고 타이탄의 철갑 위로는 활성화된 마나가 흐른다.

실로 타이탄을 상대하기 위한 무기였다.

물론 위력은 작다. 그러나 여러 개가 되면 무시할 수 없는 효과를 낸다.

지금처럼.

"던져라!"

"투척!"

명령에 따라 수십 개의 마나 폭탄들이 허공을 날았다.

콰콰콰콰쾅!

연달은 폭발이 타이탄들을 덮쳤다. 평소였다면 그럭저럭 버틸 수 있었겠지만 드래곤 버스터에 의한 피해가 컸다.

누더기가 된 철갑은 작은 폭발에도 큰 균열을 일으켰다.

기이이이잉.

만신창이가 된 연합군 측 타이탄이 기울어졌다. 그 위로 병사들이 벌 떼처럼 달려들었다.

"타이탄을 해체하라!"

"엔지니어들을 보호해!"

"꾸물거리지 마!"

타이탄을 상대하기 위한 특수군, 배틀 엔지니어(Battle engineer)들이 각자의 도구를 꺼냈었다.

그리고 가동 중인 타이탄을 통째로 해체하기 시작했

다.

쓰러진 타이탄의 몸이 몇 차례 들썩였다. 그러나 병사들은 무지막지한 숫자로 타이탄을 짓눌렀다. 평소라면 안 통할 테지만 데미지를 입은 지금이라면 가능했다.

그러는 사이 배틀 엔지니어는 타이탄의 흉부를 개방했다.

라이더를 본 병사들의 얼굴에 살기가 감돌았다.

"쳐라!"

"이런 젠장! 으, 으아아악!"

변변한 무장도 못 했던 라이더는 졸지에 창에 꿰인 벌집 신세가 됐다.

마나를 다루는 익스퍼트 급 이상의 검사들은 좀 더 용이하게 타이탄을 상대했다. 물론 타이탄에 이상이 없었다면 일대일은 꿈도 못 꿀 일이었다.

크로고스 베인의 오른팔인 녹턴 칠시오 자작은 팔 하나가 떨어진 타이탄과 대치했다.

'모틸 왕국이 솔저 급 타이탄. 이름이 아마 쉐도우 폭스(Shadow fox)였던가?'

대개 솔저 급 타이탄 한 대는 소드 익스퍼트 상급에 비한다.

그리고 녹턴 자작은 익스퍼트 중급이었다.

본래라면 상대가 안 될 상황.

그러나 지금은 이쪽이 유리했다.

"타앗!"

녹턴 자작은 몸을 낮추며 타이탄을 향해 달려들었다. 그의 애검에서 푸른빛의 소드 오러가 번뜩였다.

쉐도우 폭스는 타이타니움 합금으로 이루어진 검을 내리찍었다. 그 순간 녹턴 자작의 몸이 허공으로 튀어 올랐다.

쾅!

녹턴 자작이 있던 땅이 굉음과 함께 파여 갔다.

과연 타이탄다운 괴력!

'그러나 맞추지 못하면 소용도 없지!'

녹턴 자작은 승리를 확신했다.

까아앙!

오러를 머금은 칼이 쉐도우 폭스의 철갑과 충돌했다. 칼날은 몇 센티미터를 파고들어 가다 멈췄다. 어지간한 소드 오러로는 뚫리지도 않을 두께란 소리.

녹턴 자작은 나직이 웃고는 기합성을 내질렀다.

"이야아압!"

부우웅!

그의 소드 오러가 배가됐다. 멈춰 있던 칼날이 우악스럽게 쉐도우 폭스의 철갑을 파고들었다. 녹턴 자작의 이마에 핏대가 불끈 솟았다.

칼날이 철갑을 꿰뚫고 들어갔다.

"크어억!"

단말마의 비명이 터져 나왔다. 철갑을 꿰뚫은 칼날이 내부에 탑승한 라이더를 찔렀던 것이다. 매우 깊었던 만큼 절명했을 터였다.

기이이잉…….

라이더를 잃은 쉐도우 폭스의 몸이 쓰러졌다.

녹턴 자작은 피와 기름이 반반씩 묻은 칼을 살짝 흔들고는 칼집에 집어넣었다.

전장 곳곳에서 비슷한 상황이 전개되고 있었다.

본디 삼국 연합군은 매복 전술을 전개했다. 그러나 그 전술은 크로고스 베인 백작에 의해 간파되었고 오히려 자신들이 불의의 기습을 당하게 됐다.

10여 대의 드래곤 버스터, 그 초장거리 포격은 연합군 측 타이탄들에 심대한 타격을 주었다.

접근전에 약하나 대륙 최대의 사거리를 지녔다는 장점을 잘 살린 결과였다.

뒤늦게 연합군 인간 병사들이 모습을 드러냈다. 20,000제국군보다는 적은 10,000의 병력. 그러나 쉽게 볼 숫자는 아니었다.

물론 이 역시 크로고스 백작의 예측 범위 내였다.

콰과과과광……!

후방에서 들려오는 연달은 포격음.

다음 순간 삼국 연합군의 위로 화염의 폭우가 떨어져 내렸다.

콰콰콰콰콰쾅!

전설의 마법 미티어 스웜(Meteor swarm)의 위력이 저러할까?

병사들의 머리 위로 정확하게 떨어져 내린 포격은 연합군 진형을 절반으로 쪼개 버리는 엄청난 성과를 보였다. 물론 직접적인 타격을 입은 병사들은 모조리 절명했다.

녹턴 자작은 가슴을 흔드는 전율을 느끼며 칼을 들어 올렸다.

"전군! 황제 폐하의 가호가 우리와 함께한다! 폐하의 적을 향하여 돌격하라!"

"우와아아아!"

소드 익스퍼트의 마나가 실린 외침은 20,000장병들에게 충분히 전달됐다. 드래곤 버스터의 엄호를 받은 이상 제국군의 사기는 비할 데 없이 충천했다.

제국군 20,000병사가 연합군 10,000병사를 파도처럼 밀어냈다. 그 선두에 녹턴 자작을 위시로 한 제국군 소드 익스퍼트들이 있었다.

'전쟁의 세계에도 신이 있다면 그건 바로 백작님일 것

이다.'

크로고스 베인 백작은 실로 살아 있는 전설이었다.

평민 출신이면서 전략과 무력만으로 황제의 오른팔로 우뚝 선 존재.

특히 녹턴 자작처럼 전술학을 배운 이에게 있어 그의 존재는 신이나 다름없었다.

이번 전투만 해도 그렇다.

크로고스 백작이 이 전투에 대동한 타이탄은 오직 드래곤 버스터들뿐.

그 말은 곧 백병전을 벌일 타이탄이 없다는 소리다.

드래곤 버스터는 근접전에 무척 취약하다. 솔저 급 타이탄마저 일대일로 상대하기 버거울 정도였다. 장점이 큰 만큼 약점도 크다는 소리다.

만일 적의 매복 정보를 얻지 못했다면? 오히려 이쪽 정보가 유출되었다면?

10,000적군에 20,000병사가 몰살당했을 수도 있다.

그러나 크로고스 백작은 놀라운 전술로 절대 지지 않을 상황을 만들었다.

저들을 매복하게끔 유도한 것이다.

'놈들은 자신들의 매복 정보가 유출됐다고 생각하겠지? 그러나 사실은 백작님께서 그들을 저곳으로 몰아넣

은 것이다. 매복을 할 상황, 매복에 최적인 장소로 저들
을 밀어 넣어서!'

전술의 미학이 있다면 이런 것이리라.

검을 휘두르는 녹턴의 몸이 찌릿찌릿 떨렸다.

그는 이 전율을 포효로 바꾸어 쏟아냈다.

"모조리 베어 넘겨라! 황제 폐하와 크로고스 베인 백
작께서 우리의 뒤에 있다!"

"와아아아아!"

제국군은 용기백배하여 연합군에 맹공을 펼쳤다.

"음."

수정구로 대략적인 상황을 보던 크로고스는 흡족한 미
소를 지었다. 녹턴 자작의 활약이 여과 없이 시선에 들어
왔다.

'내 눈이 틀리지 않았군.'

젊고 강하며 열의가 대단하다. 병사들을 독려하는 능
력도 뛰어나고, 무엇보다 자신을 신처럼 여긴다.

군인에게 있어 믿음은 특히나 미덕이다. 광신도 수준
의 믿음이라면 더 좋다. 미심쩍을 만한 작전에도 주저 없
이 자원할 테니까.

'잘 키워 봐야겠군.'

일군의 지도자인 이상 그에게도 인재 욕심이란 게 있

었다. 아니, 다른 이들보다 심하면 심했지 덜하진 않았다.

'그러고 보니 오스트도 슬슬 전장을 알 나이가 되었군.'

크로고스 백작은 자신의 아들을 떠올렸다.

오스트 베인. 지금은 베이탈 아카데미에서 수련 중일 그의 장자.

생각할 때마다 가슴 한편이 아쉬운 게 오스트였다. 지휘관의 시각으로 보았을 때, 오스트는 명성과 자존심에 집착하여 적을 만들 타입이었다.

물론 백작 자제로서 그 정도 배짱은 있어야 한다.

하지만 때로는 과한 게 아닌가 싶었다.

'이번 방학 때 돌아오면 진지하게 키워 봐야겠군.'

키운다.

말 그대로 쓸 만한 인재로 만들겠다는 의미다. 지금 녹턴 자작을 키우듯이 말이다.

자신의 아들을 두고도 이런 표현을 서슴없이 사용하는 크로고스 백작이었다. 그에게 있어 모든 것은 효용에 따라 이용되고 평가받는 것이었다.

심지어는 가족조차도.

"저, 백작님."

"음?"

수도 측 연락을 맡고 있는 마법사였다. 그가 문서를 들고 서 있었다.

"백작님의 저택에서 연락이 왔습니다."

"누가 보낸 것이냐?"

"부인께오서……."

크로고스 백작은 고개를 끄덕였다. 하긴 그녀 말고는 간도 크게 이런 상황에 기별할 이는 없었다.

백작은 문서를 받아 들었다.

그리고 그의 눈 주위가 살짝 꿈틀거렸다.

"아이넬 필리안 공주라."

오스트에 관한 내용이었다. 이번 아카데미의 타이탄 레이스에서 공주와 내기를 했다는 것이다.

승리하면 그녀와 약혼하리란 부분이 특히 마음에 들었다.

"후후후. 필리안 왕국의 재녀를 며느리로 들일 수 있다면 그만 한 이익도 없겠군. 약혼이 성사되지 않더라도 필리안 왕가에 빚을 남기는 것이니 나쁘지는 않다. 오스트가 제법 대견한 일을 해냈군."

물론 내기를 하게 됐다는 것일 뿐이다. 승패는 아직 정해지지 않았으니 지레 기뻐할 수만은 없었다.

잠시 턱수염을 쓰다듬던 크로고스 백작은 마법사에게 말했다.

"답신을 보내라. 반드시 승리하여 며느릿감을 내 앞에 데려오라고. 해낸다면 비숍 급 전용 타이탄을 한 기 선물할 것이되, 실패할 경우엔 그에 따르는 책임을 져야 할 것이다."

"알겠습니다, 백작님."

크로고스 백작은 다시 고개를 돌려 수정구를 응시했다. 전장의 모습이 두 눈에 들어왔다.

실로 일방적인 학살 장면.

그 모습을 보며 크로고스 백작은 필리안 왕국과의 앞으로의 관계를 생각했다.

Chapter 4
레이스의 향방

"알아냈어, 팔콘!"

"허."

팔콘은 헛숨을 삼켰다. 눈앞에는 요 며칠 새 부쩍 창백해진 시안이 들떠하는 얼굴로 있었다.

"너 살아 있었구나, 시안. 며칠 내내 도서관에 처박혀 있기에 이미 죽은 줄 알았다."

"재미없는 농담 관두고 나나 좀 도와줘."

"응? 도와 달라니?"

"엔진 부품을 좀 가져와야 해."

그렇게 말한 시안은 부품 창고로 달려갔다. 팔콘은 개조 중이던 철관을 내려놓고는 그 뒤를 따랐다.

"그러고 보니 뭔가를 알아냈다고 했지? 뭘 알아냈다는 거야?"

"기술부장님이 주셨던 엔진의 비밀!"

팔콘은 멍한 얼굴을 했다.

"그거, 장난으로 주셨던 게 아니었어?"

"무슨 소릴 하는 거야?"

시안의 책망하는 소리에도 팔콘은 멍한 표정을 지우지 않았다.

솔직히 말해 팔콘은 노인네가 짓궂은 장난을 쳤다고 생각했다. 아무리 봐도 그 엔진은 실패작이 분명했던 것이다.

팔콘의 지식에 의하면 도저히 상식적이지 않았다. 합리성이 결여된 장난 같은 물건이라고 생각됐다.

엔진 보는 눈은 시안보다 낫다고 자부해 왔다. 그래서 시안이 그 엔진에 매달리는 걸 보고 고개를 저었었다. 하루 이틀 뒤에도 진전이 없으면 말리려고 했다.

그런데 알아내다니?

자신이 못 본 것을 시안이 꿰뚫어봤다는 걸 믿기 어려웠다. 며칠 햇빛을 보지 못해 머리가 이상해졌나 하는 생각마저 들었다.

"자, 잠깐, 시안. 그러니까 기술부장님이 주셨던 그 엔진이 정상적인 거라고?"

"단순히 그런 수준이 아냐. 기술부장님의 엔진은 정말 역사를 바꿀 작품일지도 몰라. 아니, 반드시 그렇게 될 거야."

그렇게 단언하는 시안의 눈빛이 반짝거렸다.

어지간한 저택 한 채가 통째로 들어갈 법한 창고. 그 곳에서 엔진용 부품을 챙긴 시안은 록펠의 엔진이 있는 곳으로 향했다.

도착하자마자 크리스털 엔진을 개방했다.

팔콘에게 설명 한마디 없이 부품 교체 및 조립을 시작했다.

"저, 시안. 내가 도와줄 건 없는 거냐?"

"응. 부품 같이 들어 준 걸로 됐어. 지금은 나 혼자서도 충분해."

물론 팔콘이 지루할 틈은 없었다. 오히려 시안의 동작 속에 있는 의미를 찾느라 여유가 없을 지경이었다.

"그런데 이 크리스털 엔진이 역사에 남을 걸작이라고?"

"응. 엔진의 신개념을 이끌어 낸 거니까. 기술부장님 말씀대로 확실히 미완성이긴 했지만 말이야."

대답은 꼬박꼬박 하면서도 손놀림엔 여념이 없었다. 시안도 팔콘도 손과 눈을 바삐 움직이며 대화를 이어 갔다.

"대체 그 신개념이란 게 뭔데?"

"팔콘, 이 엔진을 처음 봤을 때의 느낌이 어땠어?"

"느낌? 글쎄……."

팔콘은 잠시 침묵했다. 이렇게 말해도 괜찮을까 생각하며 조심스레 입을 열었다.

"엉망이었지."

"구체적으로 어떻게?"

"어떻게라니? 으음, 그러니까…… 우선 이 녀석은 중심 룬부터 이상하잖아. 두 개가 겹쳐져 있다니. 그래선 제대로 된 출력을 얻지 못해."

중심 룬은 이름 그대로 다른 룬 스톤들과 부품들의 중심이라 할 수 있다. 각 부품의 상호 작용을 이끌어 출력으로 바꾸는 역할을 한다.

지금 같은 경우엔 차체를 밀어내는 힘을 내뿜는 역할을 했다.

"중심 룬을 겹쳐 놓는 건 이해할 수 없는 일이야. 두 개의 룬이 상호작용을 벌이기는커녕 서로를 방해하게 되니까. 결국 전체적인 출력을 감소시키는 결과만 초래하게 되지."

"기존의 결합 형태라면 그렇지."

시안의 한마디에 팔콘이 두 눈을 빛냈다.

"그럼 설마…… 새로운 결합법이라도 있다는 거야? 출력을 향상시킬 수 있는?"

"그래. 제한적이긴 하지만 말이야."

팔콘은 입을 쩍 벌렸다.

시안의 말대로라면 이건 정말 엄청난 사건이었다.

그 표정을 본 시안이 재빨리 말을 덧붙였다.

"아직은 완벽하다 할 수 없어. 생각하기에 따라선 기존의 것보다 좋지 않을 수도 있으니까. 하지만 웨건 급 타이탄…… 그것도 타이탄 레이스에 한정한다면 분명 큰 효과를 발휘할 거야."

"으, 대체 그게 무슨 소리야? 빙빙 돌리지 말고 시원하게 설명해 봐."

애가 달은 팔콘이 큼직한 발을 동동 굴렀다.

어울리지 않는 그 모습에 시안은 쓴웃음을 지었다.

"하여간 너도 참 어린애 같다."

"쳇. 너라면 궁금하지 않겠냐?"

"알았어. 간단히 기본만 설명할게. 뭐, 네 지식수준이라면 금방 이해할 수 있을 거야."

시안은 기름이 덕지덕지 묻은 종이에 지저분한 잉크로 대강의 그림을 그렸다.

엉망인 그림과 더불어 짤막한 설명을 했다.

설명을 듣는 팔콘의 두 눈이 이채를 내뿜었다.

"……넌 정말 천재다, 시안."

이튿날.

두 사람은 아이넬을 찾아갔다. 지금 꼭 말해야 할 것이 있기 때문이었다.

아이넬은 흥미로운 눈으로 시안을 보았다.

"레이스에 참여할 타이탄 라이더를 미리 만나야겠다고?"

"예. 이제 레이스도 일주일 앞으로 다가왔습니다. 그에 맞는 훈련을 해 둘 필요성이 있습니다. 그래서 타이탄에 탑승할 분과 미리 얘기를 하려는 겁니다."

"흐음."

아이넬의 방.

그녀는 척 봐도 푹신한 의자에 몸을 파묻고 있었다. 그 양옆으론 수행원으로 보이는 여학생 두 사람이 서 있었다.

두 수행원의 표정은 좋지 않았다. 시안은 그녀들 역시 상당한 라이더 경험이 있나 보다고 생각했다.

시안의 말은 어찌 들으면 라이더에게 모욕일 수도 있는 것이었다.

고작 웨건 급 타이탄을 조종하는 일이다.

그보다 상위에 있는 타이탄들을 다루어 본 라이더들에게, 최하급 타이탄을 타기 위한 훈련을 하라는 건 기분

나쁜 일이었다. 라이더를 얕보는 것처럼 들릴 수 있으니 말이다.

그러나 아이넬 공주는 두 수행원들과 달랐다.

약간의 기대감이 어린 눈으로 시안을 보며 입을 열었다.

"어디, 설명 정도는 들을 수 있겠지?"

시안과 팔콘은 슬쩍 눈을 마주쳤다.

이 질문에 대한 답을 둘이서 몇 번이고 연습했다.

"간단히 말씀드리겠습니다. 저희가 만들려 하는 타이탄은 기존의 웨건 급 타이탄과 궤를 달리합니다. 엔진 구조가 다르고, 그만큼 레이스 형태도 다를 겁니다. 때문에 그에 따르는 상황에 대한 특별한 대비가 필요합니다."

제법 긴 말을 시안이 마치자 팔콘이 헛기침을 했다.

"음, 그러니까 말입니다. 기존의 경우 하나의 중심 룬만을 사용한 것에 비해 저희의 크리스털 엔진은 이중 중심 룬을……."

"그만."

"예?"

"전문적인 얘기는 됐어. 어차피 너희 엔지니어들이나 알아들을 얘기일 것 아냐?"

팔콘의 얼굴에 울상이 그려졌다. 나름대로 쉽게 설명하고 3시간 이상을 투자해서 생각했는데…….

아이넬 공주는 가볍게 일축했다.

"쉽게 말해. 무엇이 어떻게 다르지?"

시안이 대답했다.

"이중 가속을 합니다."

아이넬은 새하얀 손으로 턱을 받쳤다.

푹신한 의자에 파묻혀 있던 몸은 어느새 반쯤 일어나 있었다.

"이중 가속? 그런 건 들어 본 적도 없어."

"그러실 겁니다. 아마도 이게 역사를 통틀어 대륙 최초일 테니까요. 대마도시대까지 포함한다면 또 모르겠습니다만."

"그런 대단한 것을 너희가 알아냈다고?"

"정확히는 저희가 알아낸 게 아닙니다. 저희는 그저 다 된 음식에 양념만 얹은 정도죠."

시안은 침착하게 설명을 이어 갔다.

록펠 기술부장을 찾아간 이야기. 그와 담판을 지은 이야기. 그리고 엔진을 받았으며, 그에 대한 조사를 하던 중 알아낸 사실들……

아이넬이 감탄사를 뱉었다.

"아하. 그럼 그때 도서관에 왔던 것도?"

"예. 기술부장님이 떠올리신 개념을 이해하기 위한 방편이었습니다."

"그랬구나."

아이넬은 뭐가 그리 재밌는지 쿡쿡거리며 웃었다. 그녀가 웃는 이유는 몰랐지만 왠지 시안은 그 웃음이 마음에 들었다.

가벼운 마음으로 이야기를 듣는 아이넬에 비해 팔콘은 시안을 괴물 보듯 보고 있었다.

'남의 음식에 양념만 얹었다고? 시안 녀석, 겸손도 저 정도면 병인데.'

팔콘이 보기에 정말 대단한 이는 록펠이 아니라 시안이었다.

그의 생각대로라면, 시안은 록펠마저 골머리 썩히고 있던 문제를 해결한 것이었다.

엄밀히 말해 록펠의 크리스털 엔진은 해결책이 아니다.

그저 하나의 가능성을 제기한 질문이라 볼 수 있었다.

'그것도 힌트가 거의 없는 불친절한 질문!'

그것에서 답을 이끌어 낸 이는 시안이다.

아마 록펠 역시 시안에게서 이를 바랐던 게 아니었을까?

시안의 설명은 대강 끝나 가고 있었다.

"그렇게 되어 이중 가속의 가능성을 발견했습니다. 영구적으로 두 중심 룬 수준의 출력을 낼 순 없지만, 일시적으로는 가능하게끔 말입니다."

"보조 추진 장치구나."

시안의 긴 이야기를 하나의 단어로 요약하는 아이넬이

었다. 시안도 팔콘도 그녀의 기지에 재차 감탄했다.

"결국 요는 이거로군. 보조 가속이 이루어질 때의 압력과 상황에 라이더가 대비해야 한다는 거지? 그래서 미리 연습을 하려는 거고?"

"그렇습니다."

숙련된 기사라면 불시에 그런 상황에 빠진대도 버틸 수 있으리라.

그러나 타이탄 레이스엔 학생만이 라이더로서 참가 가능하다. 이는 일종의 불문율인지라 바꾸거나 어길 수 없었다.

그런 만큼 미리 훈련을 하여 가속 상황에 대비해야 했다.

"재미있겠구나. 알겠어. 그럼 나가도록 하지."

아이넬은 그렇게 말하고서 몸을 일으켰다. 두 수행원들이 살짝 물러나서는 그녀의 뒤로 갔다.

"가지. 아, 너희가 앞에서 걸으렴."

한마디와 함께 아이넬이 걸음을 옮겼다.

시안과 팔콘은 황망히 그녀의 앞으로 갔다. 수행원들의 시선이 뒤통수에 꽂히는 게 느껴졌다.

팔콘이 마른침을 삼키고 물었다.

"저, 공주님. 그런데 말입니다."

"응?"

"타이탄에 탑승할 라이더 분은 부르지 않으십니까?"

"아, 그거?"

두 소년의 뒤에서 맑은 웃음소리가 났다.

"타이탄엔 내가 탈 생각이야."

웨건 급 타이탄 전용의 운동장.

경주용 트랙과 속도 측정기 같은 여러 장치가 마련되어 있는 곳이었다.

시안과 팔콘이 미리 가져다 놓은 실험작도 그곳에 있었다.

"이거구나. 생각했던 것보다 크기가 작군. 그래도 출력만큼은 너희가 말한 대로 대단하겠지? 아, 근데 표면은 좀 화사한 색으로 칠해 두는 게 좋겠구나. 칙칙해선 탈 맛이 안 나겠어."

"……."

"……."

그리 많은 말을 한 것도 아닌데 아이넬이 수다스러워 보였다.

'사형수의 기분이 이런 건가?'

피가 거꾸로 흐르는 기분. 지금 거울을 보면 꽤 창백해 보일 것이다.

팔콘의 얼굴을 보니 역시 비슷했다.

두 사람이 겁을 잔뜩 집어먹은 것도 당연했다.

실험작이란 말 그대로 이것저것 해 보기 위한 작품이다. 일단 해 보자 하고 급하게 만든 것인지라 여러 위험이 내포되어 있었다.

까놓고 말해 가동하다 터질 위험도 있다는 의미다.

'공주가 탄 타이탄이 폭발이라도 한다면?'

두 사람이 형장의 이슬이 될 확률은 절대적이다. 그녀가 살든 죽든!

걱정이 안 될 수가 없었다.

"시, 시안, 너 차체 덮을 때 볼트 제대로 조였지? 아까 보니까 좀 설렁설렁하는 것 같던데."

돌아보니 팔콘이 처량한 눈으로 묻고 있었다. 안 조였다고 말했다간 때려죽일 거라는 듯.

"걱정 마, 팔콘. 우리가 언제 타이탄 망가트린 적 있었냐?"

"그거야 정비만 했으니까 그런 거고…… 솔직히 넌 타이탄 제작 경험이 없잖아."

시안은 한숨을 쉬고 말았다.

이 역시 엔지니어에 따라 기분 나쁘게 들을 수도 있는 말. 아무리 팔콘이라지만 아무렇게나 할 말은 아니었다.

'겁도 많다, 참.'

그래도 팔콘이 더 덜덜거리니 반사적으로 마음이 차분

해졌다.

아이넬은 이제 타이탄에 탑승하고 있었다.

"이중 가속을 하려면 어떤 걸 눌러야 하지?"

"제어 크리스털 바로 옆에 있는 버튼을 누르십시오."

이제 시안의 목소리는 평소처럼 차분해져 있었다.

오히려 내심 기대까지 되기 시작했다.

'과연 우리의 실력이 통했을까?'

분명 설계와 제작은 완벽에 가까웠다.

걱정이 아주 안 되는 건 아니지만, 그거야 말 그대로 혹시나 모르기 때문일 뿐이다.

이성은 위험도가 1% 미만이라고 말하고 있었다.

그 1%의 확률이 실현된다면 그건 정말 어쩔 수 없는 것이다.

실로 불가항력.

신의 변덕이라고밖에 할 수 없었다.

'백 퍼센트를 이루는 엔지니어는 존재하지 않는다.'

대륙 최고의 엔지니어라는 로스반의 명언이었다.

시안의 처녀작, 아이넬이 탑승한 타이탄이 연습용 트랙으로 들어섰다.

이름은 아직 정하지 않았다. 사실 바퀴 구르는 것만 확인하고서 바로 그녀를 찾았던지라 그럴 여유도 없었다.

우우우웅…….

크리스털 엔진의 공명음이 깨끗하게 울렸다. 기술부장 록펠이 기초를 잡고 시안이 마무리를 한 만큼 엔진의 완성도는 비할 데가 없었다.

기이이이잉.

유선형의 웨건 급 타이탄 표면으로 마나가 흘렀다.

시안은 만지지 않고서도 그 아름다운 흐름을 느낄 수 있었다.

그리고 바퀴가 공회전하며 마찰 연기를 내뿜나 싶더니…….

부와앙!

폭발하듯 타이탄의 차체가 튀어 나갔다.

타이탄은 빠르게 트랙을 내달렸다.

"허. 우리가 계산한 것보다 출발 속도가 빨랐어."

어느새 정신을 차린 팔콘이 멍한 얼굴로 중얼거렸다. 시안도 아이넬의 조종술에 내심 감탄했다.

'같은 또래에서 적수를 찾을 수 없는 라이더다. 기술부장님이 기억하고 계실 만도 해.'

이름 없는 타이탄은 원형의 트랙을 재빠르게 돌았다. 이 상황만으로도 트랙 내 최고 기록에 필적하지 않을까 싶을 정도였다.

트랙의 4/5를 돌았을 때 시안은 긴장했다.

'이제 진짜다.'

보조 추진, 혹은 부스터라 불러야 할까?

특수 엔진에 의한 이중 가속이 시작될 시점이었다.

두 사람이 계산한 바로는 트랙의 1/5만을 남겼을 때 쓰는 편이 최적!

그때 써야 종착하는 시간과 가속이 끝나는 시간이 일치했다.

"……어? 어?"

팔콘이 목 졸린 소리를 냈다. 시안도 의아한 눈으로 타이탄을 보았다.

타이탄은 부스터를 사용하지 않았다.

'왜 가속하지 않지?'

의문을 품는 그 순간, 타이탄의 후미에서 한 타이밍 늦게 거대한 불꽃이 뿜어졌다.

퍼어엉!

5미터 높이까지 치솟는 엄청난 크기에 수행원들조차 입을 벌렸다. 그 가속을 받은 타이탄은 거의 날아가는 수준이었다.

쌔애애앵!

시안과 팔콘이 있던 종점을 바람처럼 스쳐 갔다. 엄청난 속도로 인해 두 사람의 머리칼이 어지럽게 휘날렸다.

"우악!"

엄청난 풍압에 팔콘이 기겁을 했다. 시안은 눈살을 찌

푸리면서도 타이탄의 뒤를 눈으로 좇았다.

속도가 줄고 있긴 했지만 간단히 세울 만한 수준은 아니었다.

타이탄은 수백 미터를 더 질주해 숲의 나무에 처박히기 전에야 간신히 멈췄다.

쉬이이익.

타이탄은 거의 불타오르기 직전이었다. 새하얀 연기가 차체와 그 주변을 가렸다. 모르는 이가 보면 사고가 났다고 생각할 정도였다.

키이잉.

차체가 열리며 아이넬이 걸어 나왔다.

"휴."

그녀는 머리를 흔들며 가볍게 숨을 돌렸다. 금빛 머리칼이 찰랑거렸다.

엄청난 질주를 벌인 라이더라고 보기 힘든 모습이었다.

"깜빡하고 버튼을 늦게 눌렀구나. 조종에 도취되느라 잊고 있었어. 생각해 보니 이런 기분을 느낀 것도 무척 오래간만이야."

별것 아니었다는 듯한 말투에 시안은 헛웃음을 짓고 말았다. 팔콘은 죽을 일이 없게 되어 다행이라는 듯 안도했다.

"괜찮으십니까?"

아이넬은 이거면 답이 되겠냐는 듯 미소를 지었다.

"얌전할 땐 얌전하고 힘쓸 때엔 거침이 없더구나. 이만큼 좋은 아이에 탑승해 본 적도 거의 없었던 것 같다. 참 잘 만들었어."

잘 만들었다.

엔지니어에게 있어 그 이상의 평가는 없으리라.

"감사합니다."

시안은 기탄없는 그녀의 감상에 더없는 기쁨을 느꼈다. 그리고 가슴속에 자신감이 들어차는 걸 느꼈다.

'최선을 다한 것 이상을 해냈다.'

이제 남은 건 결전뿐이었다.

❖ ❖ ❖ ❖ ❖

타이탄 레이스 당일.

수많은 학생들이 웨건 급 타이탄 전용 트랙으로 몰려들었다.

비단 학생들뿐만이 아니라 선생들과 아카데미의 일손들 역시 트랙으로 몰렸다. 이날만은 모두가 일에서 벗어나 즐기는 것이 암묵적인 약속이었다.

그야말로 아카데미의 축제.

특히나 올해엔 그 열기가 한층 뜨거웠다.

"이번엔 누가 우승하게 될까?"

"아카테스 제국의 오스트 베인 백작 자제. 의심의 여지가 없지."

"글쎄. 모틸 왕국의 라틴 펠로스 후작 자제가 이를 갈며 벼르고 있던데."

"그러고 보니 모틸 왕국이 속한 삼국 연합군이 제국군에게 얼마 전에 박살났지? 그때 제국군 측 지휘관이 바로……."

"크로고스 베인 백작이었지."

"국가의 원한을 앙갚음하겠다는 거군. 기대되는데?"

"흠. 개인적으로는 필리안 왕국의 공주님에게 기대가 간다."

"아이넬 필리안? 그러고 보니 황당한 내기 조건이 걸린 모양이던데……."

곳곳에서 승자를 예측하는 이야기가 흘러나왔다. 그리고 그 대부분은 한 가지 화제로 귀결되었다.

약혼, 혹은 노예!

어찌 보면 누가 우승자가 될 것인가 하는 것보다 기대되는 일이었다.

오스트 베인 측 타이탄이 아이넬 필리안 측 타이탄보다 빨리 들어올 경우, 공주는 백작 자제의 약혼녀가 되어야 한다.

반대의 경우 오스트는 아이넬의 노예가 되어야 한다.

이만큼 흥미진진한 경우가 또 있을까?

"한쪽은 살아있는 전설의 아들. 다른 쪽은 타이탄의 왕가가 배출한 천재 공주로군."

"그래도 타이탄 레이스는 결국 엔지니어가 결정하는 거라고. 어찌 보면 두 사람과는 전혀 무관한 데서 승부가 결정되는 거지."

"오스트 측엔 베테랑 엔지니어 라크론이 있다. 그 외의 실력자들도 다수고."

"음, 압도적인 전력이야."

과거에도 몇 차례 타이탄 레이스 우승을 차지했던 라크론이다.

그런 만큼 이름이 드높았고 그런 만큼 비쌌다. 결국 가장 많은 돈을 들인 오스트가 채 갈 수 있었다.

반면 아이넬 측 엔지니어는 시안과 팔콘뿐.

엔지니어를 제외한 학생들에게는 거의 알려지지 않은 두 사람이었다.

"시안? 팔콘? 이 녀석들은 누구지?"

"십 대의 나이에 아카데미에 입학한 녀석들이라더군. 그래도 영 변변찮은 실력은 아닌 모양이야."

"모르는 일이지. 고작 우리랑 비슷한 또래일 것 아냐? 경험도 얼마 없을 거야."

"아이넬 공주가 정말 급했나 봐. 그냥 아무나 데려다 쓴 것 아닐까?"

시안은 피식 웃고 말았다. 당사자가 바로 옆에 있는 걸 알면 저들의 표정이 어떨까 싶었다.

사실 여기까지 오는 내내 비슷한 이야기만 수십 번을 들은 차였다.

"멍청이들의 얘기엔 신경 쓰지 마라, 시안."

그렇게 말하면서도 이를 뿌득뿌득 가는 팔콘이었다.

"나보단 네가 걱정인데?"

"쳇. 자기네 일 아니라고 아무렇게나 떠드는군."

"어차피 저들에겐 공주도 백작 자제도 마음대로 떠들 화젯거리에 지나지 않아. 그런 것에 일일이 신경 써서 뭐 하겠어?"

"뭐, 그건 그렇다만……."

두 사람은 인파를 헤치며 나아갔다. 아이넬과 만나기로 한 장소로 향하려는 것이었다.

사람 사이에 파묻혀 꽤 고군분투하다 보니 특히나 사람들이 몰린 곳이 나타났다.

수십 명의 군중이 둥글게 둘러싼 장소.

아이넬과 만나기로 한 곳이었다.

"뭐지? 무슨 일이라도 났나?"

"일단 안으로 들어가 보자."

두 사람은 무리 속으로 끼어 들어갔다. 밀려난 사람들의 항의와 욕설을 애써 무시하면서.

누군가를 둥글게 둘러싸고 있는 사람들. 그 안에서 시선을 한 몸에 받는 게 누구일지는 안 봐도 뻔했다.

하지만 예상과 달리 혼자는 아니었다.

아이넬은 팔짱을 낀 채 누군가와 대치 중이었다. 익숙한 얼굴. 전에도 한 번 본 적이 있는 소년이었다.

'오스트 베인.'

제국의 백작 자제는 득의양양한 미소를 짓고 있었다. 마치 이미 승리라도 한 것처럼.

"아량을 베풀어 줄 수도 있습니다. 지금이라도 패배를 인정하신다면 약혼 건은 없었던 걸로 처리해 드리죠."

아이넬은 픽 웃었다. 명백한 비웃음이었다.

"꼴에 남자랍시고 나한테서 점수 좀 따 보겠다는 건가?"

"……한 국가의 체면을 살릴 기회를 주려는 겁니다. 더불어 지금까지의 불손한 언사 역시……."

"닥쳐라."

나직한 한마디가 오스트의 입을 틀어막았다. 절묘하게 타이밍을 끊어 버리는 말이었다. 말을 잇지도, 새로 꺼내지도 못하게 될 만큼.

어정쩡하게 입을 다문 오스트의 얼굴이 시뻘겋게 물들었다.

"제기랄. 언제까지 그렇게 굴 수 있나 보겠소! 잠시 후엔 무릎을 꿇고 내 발을 핥게 될 거요!"

결국 오스트는 수준 낮은 독설만을 내뱉고서 몸을 돌렸다. 이내 그와 수행원들이 사람들을 밀쳐 내며 멀어져 갔다.

아이넬은 차가운 눈으로 그 모습을 보았다.

흉흉해진 분위기에 구경꾼들도 슬금슬금 물러났다.

덕분에 시안으로선 편해졌다.

"괜찮으십니까, 공주님?"

그녀의 눈빛이 나직이 가라앉았다. 분홍색 입술이 이내 미소를 그렸다.

"꽤 괜찮은 생각 같아."

"네?"

"저 녀석이 했던 말."

시안도 팔콘도 잠시 혼란스러운 얼굴을 했다. 암만 생각해도 오스트의 독설 중 그녀가 괜찮아 할 말은 없어 보였다.

그리고 그 말의 의미는, 잠시 후에 알 수 있었다.

"준비는 다 되었어?"

돌아보며 묻는 아이넬에게 시안은 고개를 끄덕였다.

"안전성 테스트, 시험 가동, 내부 검사 모두 마쳤습니다."

"색은?"

"개나리색으로 칠해 놓았습니다."

"잘했어."

조금 전까지 흉흉하게 살기를 뿜던 것과는 달리 맑게 웃는 아이넬이었다. 팔콘은 당장 죽어도 좋다는 얼굴로 싱글거렸다.

공주와 수행원들, 시안과 팔콘은 트랙 쪽을 향해 걸었다.

"그나저나 참 대단하구나. 아예 새로운 타이탄을 하나 만드는 일이었는데 며칠 만에 해내다니. 엔지니어들을 다시 봤어."

"어차피 대략의 부품은 마련되어 있으니까요. 그에 맞춰 설계하고 조립만 하면 되는지라 오래 걸릴 일은 없었습니다."

"하하하! 사실 도색하는 데에 시간이 제일 걸렸습니다."

호탕하게 웃는 팔콘의 앞자락엔 알록달록 개나리색 얼룩이 묻어 있었다.

— 타이탄 레이스가 곧 시작됩니다. 각 라이더들은 각자의 타이탄에 탑승해 주시기 바랍니다!

마법을 통한 안내 방송이 울렸다.

아이넬은 빙글 몸을 돌려 시안을 보았다.

"그래서, 이름은 정해 놓았어?"

"아."

타이탄의 이름. 그녀가 시안에게 정하라고 명령해 두었던 것이다.

대개 양산형으로 치부되어 이름이 지어지지 않는 게 웨건 급 타이탄이다. 그건 레이스용 타이탄이라 해도 마찬가지였다.

그런 만큼 이 이름의 의미는 컸다.

특히나 시안으로선 첫 작품이 아니던가.

시안은 목소리를 가다듬었다.

그리고 차분히 그 이름을 읊었다.

"아이넬."

아이넬은 조금 놀란 눈으로 시안을 보았다. 그러다 싱긋 미소를 지었다.

"좋은 이름이야."

"감사합니다."

"좋아, 그럼 아이넬과 함께 우승하러 다녀올게."

아이넬이 몸을 돌려 걸어갔다. 그녀의 금발이 눈부시게 찰랑거렸다.

팔콘이 질렸다는 얼굴을 했다.

"너도 참 대단하다. 공주님의 이름을 타이탄 이름으로 정할 줄이야. 그리고 대담하게 본인 앞에서 부르고."

"이때 아니면 언제 내가 공주의 이름을 마음껏 불러

보겠어?"

"허."

혀를 내두르는 팔콘을 보며 미소 짓는 시안이었다.

물론 그것만이 이유는 아니다.

신기술이 도입된 최초의 타이탄은 역사에 이름을 남기게 된다. 그리고 이 이중 가속 엔진 역시 그 대열에 낄 것이 분명했다.

아이넬이란 이름은 역사와 함께 영원할 것이었다.

'남자가 여자에게 줄 수 있는 선물로써 꽤 괜찮은 편 아닌가?'

속으로 중얼거리는 시안이었다.

✤ ✤ ✤ ✤ ✤

쌔애애애액!

하늘 위로 거대한 마나 덩어리가 치솟았다. 하늘 중앙에 도착한 마나 덩어리는 폭죽처럼 폭발하며 3이란 글자를 수놓았다.

곧이어 2와 1이 나타났다.

마지막으로 '출발'이란 글씨와 함께 마법으로 증폭된 목소리가 울려 퍼졌다.

— 레이스를 시작합니다!

부아아아앙—!

굉음을 내뿜으며 20여 기의 웨건 급 타이탄들이 질주를 시작했다.

밤의 정적과 어둠은 타이탄이 쏟아낸 굉음과 열기 속에 사라졌다.

아카데미 소속 마법사들이 합동 마법을 펼쳤다. 별만 가득하던 새카만 하늘에 레이스 영상이 나타났다.

"와아아아!"

몇 번을 봐도 경이로운 마법의 힘에 관중들이 환호했다.

시안과 팔콘은 팔짱을 끼고서 영상을 응시했다.

"역시 베테랑 엔지니어들은 다르구나."

"음, 역시 빨라."

아이넬, 그러니까 두 사람의 합작품은 선두보다 조금 뒤처져 있었다. 느린 편은 아니었으나 선두의 타이탄들이 너무 뛰어났다.

'현재 선두는……'

우선은 오스트 베인의 타이탄.

베인 백작가의 상징인 교차된 칼날이 그려진 흑색 차체였다. 실로 압도적인 속도로 다른 차량들을 따돌리고 있었다.

그리고 이와 각축을 벌이는 것은 붉은색 타이탄.

모틸 왕국의 후작 자제, 라틴 펠로스 측의 타이탄이었

다.

듣기로 두 귀족 자제가 이번 레이스에 쏟은 돈은 실로 엄청나다고 했다. 시안이 받는 연봉이 애들 코 묻은 돈으로 보일 정도라던가.

"끙. 격차가 좁혀지질 않는군."

팔콘이 앓는 소리를 냈다.

선두의 두 타이탄은 아이넬과 내내 50미터 이상의 격차를 보이고 있었다.

그러나 시안이 보기엔 오히려 대단한 것이었다.

'기본 출력에서 상대가 안 됨에도 저 거리를 유지하고 있다. 공주의 실력이 뛰어나지 않았다면 불가능할 일이야.'

분명 승산이 있었다.

그렇게 생각하던 차.

콰콰콰쾅!

섬뜩한 폭발음!

시안의 얼굴이 흠칫 굳었다. 그러나 영상 속에서 멀쩡한 아이넬의 차체를 보고는 이내 풀어졌다.

'사고인가?'

고개를 돌려 보니 제법 멀리 떨어진 곳에서 불기둥이 치솟고 있었다.

이내 영상 구석에 또 다른 영상이 자그마하게 펼쳐졌다.

— 후미에서 추돌 사고가 있었습니다! 자칫하면 연쇄 폭발이 일어날 수도 있겠군요!

"와아아아!"

관중의 열기가 한층 더해졌다. 제법 큰 폭발이었지만 그들에겐 유희거리 이상도 이하도 아니었다.

어차피 라이더들 역시 위험을 감안하고 경주에 임하는 것.

그나마 마법사들과 신관들이 있어 구조와 치료가 빠르다는 게 다행이었다.

'이게 변수가 될 수도 있다.'

시안은 화면을 보며 생각했다.

차체의 잔해는 경기 내내 치워지지 않는다. 이는 곧 다른 타이탄들에 있어 장애물이 된다는 것.

특히나 처음으로 맞닥뜨릴 선두에 있어 치명적이었다.

"몇 바퀴 남았지?"

"마지막 한 바퀴!"

시안의 물음에 팔콘이 대꾸했다. 시안은 말없이 고개를 끄덕였다.

'그녀의 능력이라면……'

마침내 트랙을 한 바퀴 돈 타이탄들이 최후 스퍼트에 나섰다. 몇 대의 타이탄들이 그 과정에서 또 다시 충돌을 일으켰다.

콰쾅!

"와아아아아!"

그리고 관중들의 환호가 퍼지는 가운데, 첫 충돌의 잔해가 남은 지역으로 타이탄들이 들어섰다.

그 순간 시안의 눈이 빛났다.

"사용한다!"

"뭐? 벌써?"

팔콘이 놀란 얼굴로 소리쳤다.

아직 부스터 가속을 하기엔 이른 상황이었던 것이다. 계산했던 것에 비해 너무 일렀다.

그러나 시안의 말대로 타이탄 아이넬이 붉은 불꽃을 터트렸다.

콰앙—!

가속으로 인한 엄청난 굉음이 터져 나왔다.

관중들이 놀라는 새 타이탄 아이넬이 선두의 두 타이탄을 쫓듯 질주를 시작했다.

그 누구도 지금껏 본 적이 없는 엄청난 속도였다.

— 이럴 수가! 대체 저 타이탄은 뭐죠? 어떻게 저런 엄청난 가속을 순식간에 해낸 건가요!

중계하는 목소리도 호들갑스러워졌다. 관중의 반응 역시 전에 없이 소란스러워졌다.

"크윽, 저러다 충돌하면……!"

팔콘의 얼굴은 새파랗게 질렸다.

빠른 만큼 제어하기도 어려운 법. 앞에 장애물까지 남겨 둔 상태라면 말할 것도 없다.

이건 정말 모험을 건 것과 다름없었다.

타이탄 아이넬은 이내 두 타이탄을 따라잡았다. 그리고 몇 초 안 되어 라틴 후작 자제의 타이탄을 추월해 버렸다.

무리하게 그 뒤를 쫓으려던 후작 자제의 타이탄이 장애물과 충돌했다.

쾅!

폭발이 일어나진 않았지만 속도를 제어하지 못했다. 균형을 잃은 타이탄이 수십 바퀴를 회전하다가 결국은 전복되어 버렸다.

"와아!"

엄청난 광경에 관중들이 환호를 터트렸다.

그러나 아직은 끝이 아니었다.

'위험하다.'

시안의 표정이 살짝 일그러졌다. 부스터의 지속 시간이 거의 끝나 가고 있었다.

이제 두 타이탄은 나란히 달리고 있었다.

그러나 아직 부족했다. 이대로 있어선 결국 속도가 떨어져 뒤처지고 말 터였다.

'그렇다면 방법은?'

시안이 아는 한 하나뿐이었다.

그리고 아이넬 공주는 그 방법을 택했다.

두 타이탄은 거의 달라붙을 정도로 가까워졌다. 보는 이들이 식은땀을 흘릴 정도로.

한순간 두 타이탄이 가볍게 부딪쳤다.

콰직!

금속이 일그러지는 소리가 났다.

다음 순간, 오스트 백작 자제의 타이탄이 균형을 잃고 미끄러졌다. 차체가 일그러져 바퀴의 회전을 방해한 것이다.

반면 타이탄 아이넬 쪽은 피해가 경미했다. 때문에 미끄러지는 일도 없었다.

"해냈다!"

"와우!"

시안과 팔콘이 동시에 감탄을 터트렸다.

지금 아이넬이 보여 준 것은 실로 타이탄 조종의 신기 (神技)라 할 수 있는 것이었다.

맹렬한 속도로 달리고 있는 가운데 일부러 부딪쳐 균형을 잃게 하고 자신은 그대로 유지하는 것.

일부러 짜고 해도 쉽지 않은 테크닉이었다.

타이탄 아이넬은 그대로 골인 지점까지 질주했다.

— 이번 타이탄 레이스의 우승자가 정해졌습니다! 필

리안 왕국의 아이넬 공주!

"우와아아아아!"

엄청난 환호가 뒤늦게 터져 나왔다.

실로 엄청났다. 10,000명이 넘는 관중 모두가 경이와 전율을 느낄 정도의 경주였다.

"공주님이 해냈어! 해냈다고, 시안!"

팔콘이 몸을 펄쩍 뛰며 기뻐했다. 시안도 안도의 한숨을 쉬며 웃었다.

그렇게 모두가 환희를 느끼고 있을 때.

"이, 이건 말도 안 돼!"

홀로 경악성을 내뱉는 이도 있었다.

누군지 볼 것도 없었다. 시안은 속 시원한 기분으로 비명의 주인공을 쳐다봤다.

오스트 베인은 자기 얼굴을 뜯어 버릴 듯이 움켜쥐고 있었다.

"이건 사기다! 음모야! 어떻게, 어떻게 현존 최고의 엔지니어들이 만든 타이탄이 패할 수가 있나!"

수행원인 미켈은 착잡한 표정을 하고 있었다. 그로서도 지금 오스트를 어찌 할 수 없다는 것을 알고 있는 듯했다.

시안은 그쪽으로 향했다.

어차피 아이넬 공주 역시 이리로 올 터였다.

과연 개나리색의 타이탄이 곧장 오스트 쪽으로 다가왔

다. 중간에 위치한 사람들이 옆으로 물러나 자리를 비켜
주었다.

아이넬이 타이탄에서 내려섰다.

오스트가 그녀를 보며 손가락질했다.

"너, 너! 네가 음모를 꾸몄지! 대체 세상 어디에 저런
타이탄이 있나! 갑자기 헤이스트라도 걸린 듯 빨라지다
니! 이건 있을 수 없는 경우다!"

타이탄 레이스의 공정성을 알고 있는 이들은 쓴웃음을
지었다. 오스트의 말은 공론화되면 분명 문제가 될 법한
것이었다.

의아한 표정을 짓는 몇몇 학생들도 있었다.

난생 처음 보는 폭발적인 이중 가속. 오스트의 말도
일리가 있었다.

그러나 아이넬은 그 어느 쪽도 아니었다.

얼음장 같은 얼굴로 성큼성큼 걸어온 그녀는 갑자기
몸을 회전하며 오스트의 오금을 걷어찼다.

"켁!"

오스트는 그대로 무릎을 꿇었다.

아이넬은 그 뒤통수를 차서 머리를 땅에 처박아 버렸다.

"무, 무슨 짓을······!"

기겁한 미켈이 항의하려 했으나 공주의 수행원들이 그
앞을 막았다.

"내기 내용을 기억하시죠?"

"이제 백작 자제는 공주님의 노예입니다."

"큭……!"

미켈은 이를 갈았지만 더 움직이지 못했다. 지금 그에겐 명분도 무력도 없었다.

오스트는 진흙탕에 머리를 박은 채 두 팔을 허우적거렸다. 그러다 걷어차인 오금 쪽이 아팠던 듯 몸을 부르르 떨었다.

"으으윽."

"무릎을 꿇고 발을 핥게 될 거라고? 내가 보기에도 참 괜찮은 생각 같아, 그거."

공포에 질린 얼굴로 고개를 드는 오스트.

그 얼굴 앞으로 아이넬이 구두를 내밀었다.

"핥아."

Chapter 5

고대의 유적

"이런 병신 같은 자식!"

퍼억!

"컥!"

오스트의 몸이 허공을 날았다. 거의 10여 미터를 날아간 오스트는 책상에 부딪치고서 땅을 굴렀다. 수천 골드를 호가하는 흑단목 책상이 반쪽이 났다.

크로고스 베인 백작은 그래도 화가 풀리지 않는 모양이었다.

성큼성큼 걸어가 오른쪽 주먹만으로 아들의 몸 곳곳을 두들겨 패기 시작했다.

"으아악! 아, 아버지!"

"날 아버지라 부르지 마라! 가문의 이름에 똥칠을 한 병신 같은 놈!"

오스트의 몸 어딘가에서 뼈 부러지는 소리가 났다. 오스트의 입 밖으로 피거품이 쏟아졌다.

그럼에도 크로고스 백작은 멈추지 않았다.

"내기에서 패한 건 용서할 수 있다! 네놈이 그년에게 먼저 시비를 걸었다는 것도, 가문의 위세만 믿고 기고만장하게 행동했던 것도! 모두 이해할 수 있다!"

오래전 일도 아니다. 고작 며칠 전의 일이었다.

크로고스 백작은 전장에서 돌아오자마자 아카데미로 향해야 했다. 이미 내기의 결과는 그의 귀에도 들어간 뒤였다.

백작은 직접 공주를 만났다.

내기의 내용을 없었던 것으로 해 달라고 부탁하기 위해서.

"제게 향했던 오스트 백작 자제의 모욕적인 언사는 지금 생각해도 분노가 치밉니다만……."

아이넬 필리안, 그 미색의 공주는 실로 명성에 걸맞게 영악했다.

"백작님을 봐서, 그리고 백작 자제의 성의를 봐서 눈 감아 드리겠습니다."

"오스트의 성의?"

"차후에 물어보시길 바랍니다."

"……."

크로고스 더 이상 묻지 않고 돌아섰다.

속에서 타오르는 분노를 간신히 삭였다.

당장이라도 이년을 씹어 먹고 싶었다. 그러나 아카데미의 영향력, 필리안 왕국과의 관계나 백작으로서의 위엄 때문에라도 그럴 수가 없었다.

"넓은 아량에 감사하오, 공주."

"별말씀을."

그게 바로 사흘 전의 일이다.

지금도 생각하면 피가 거꾸로 솟을 지경이었다. 하지만 이것까진 참을 수 있었다.

"그러나!"

퍽! 퍽! 퍼퍽!

"크에엑!"

"그러나! 그년의 구두를 혀로 핥았다는 것만은 결코 용서하지 못한다! 결코!"

백작이 분개하는 이유는 단 하나였다.

굴욕!

그것도 평생을 따라다니게 될, 씻을 수 없는 대굴욕!

타이탄 레이스에서 패한 그날, 오스트는 아이넬이 종용한 대로 그녀의 구두를 핥았다.

소문은 삽시간에 아카데미를 넘어 대륙 곳곳으로 퍼졌다.

크로고스 백작이 공주에게 사과하고 돌아왔을 때쯤엔 이미 제국 전체에 퍼져 있었다.

백작은 그제야 깨달았다. 자신의 아들이 모든 것을 설명하지 않았음을.

아이넬 공주의 한마디에 담겼던 의미를!

'제국 철혈백의 장자가 왕국 공주의 구두를 핥았다!'

이 얼마나 치욕스러운 일이란 말인가!

"병신 같은 놈!"

퍼억!

크로고스 백작은 피범벅이 된 주먹을 들어 올렸다. 이미 혼절한 오스트는 부들부들 경련하며 피와 오줌을 비롯한 각종 분비물을 쏟고 있었다.

문득 크로고스 백작이 문 쪽을 보며 소리쳤다.

"들어와라!"

끼이익.

문이 열리며 미켈이 어두운 얼굴로 들어섰다.

쓰러진 오스트를 발견한 그의 눈동자가 거칠게 흔들렸다.

"배, 백작님⋯⋯."

"무능한 놈."

차가운 말에 미켈은 고개를 숙였다.

"내 너를 믿었기에 마음 놓고 오스트를 맡겼다. 단순히 저 녀석을 보필하기만 할 것이 아니라 나은 길로 이끌거라 믿었기에 말이다."

크로고스 백작이 말하는 나은 길이란 정의나 도덕 따위가 아니었다.

더 나은 힘!

이 약육강식의 세상을 살아가기 위해선 강해야 한다. 그것을 누구보다 잘 아는 크로고스 백작이었고 때문에 철혈의 백작인 그의 아들 역시 그에 걸맞은 인물이어야 했다.

때문에 이렇게 분노하고 있는 것이다.

"죄송합니다, 백작님."

미켈은 고개를 숙이고 엎드렸다. 그냥 보아선 한없이 초라한 모양새. 강자에게 완전 복종하는 부복 자세였다.

그러나 떨림은 없다. 비굴함도 없다.

"너조차도 이렇게 당당한 것을."

백작의 말에 미켈의 몸이 흠칫했다.

고개를 들어 보니 크로고스 백작은 창가로 걸어가고 있었다.

잠시 후 들려온 그의 목소리는 차분했다.

"레이스에서의 패인을 설명해 봐라. 자금 지원을 얼마든지 해 주었고 모든 준비를 너와 함께 하도록 명령했다. 그럼에도 패했다는 건 그에 걸맞은 이유가 있다는 의미일 터. 설명해라."

"알겠습니다, 백작님. 하지만 그 전에 도련님부터……."

"조금 내버려 둔다고 해서 죽지는 않는다. 어서 설명하지 않으면 저놈의 골통부터 부숴 버린 다음 듣겠다."

"……그럼 설명을 드리겠습니다."

미켈은 자신이 아는 한도 내에서 이야기를 풀었다.

시안과 팔콘의 존재.

아마도 그들에 의해 탄생했을 새로운 차원의 엔진.

그리고 풍문처럼 들려오는 록펠 기술부장과의 관계.

그 모두를 설명했다. 그러고 보니 모든 일이 한 사람의 이름으로 압축되었다.

"시안이라."

크로고스 백작은 턱을 괴었다.

어딘가에서 들어 본 기억이 있었다.

어렵사리 그것이 지난 아카데미 엔지니어 선발 때의 일이란 것을 떠올렸다.

"그랬었지. 유난히 어린 엔지니어들이 여럿 뽑혔던 해였던지라 기억한다. 그중에서도 최고점을 받은 엔지니어

의 이름이 시안이었지. 아카데미 학장이 대단한 일이라
며 언급했었다."

"실제로 봤을 때도 저와 비슷한 또래로 보였습니다."

"실로 의외의 변수였군."

정녕 의외다. 애초에 경험 적은 엔지니어를 기용했다
는 것부터가 엄청난 모험이었다.

엔지니어만큼 경험을 필요로 하는 직종은 없다.

정비, 설계, 제작 등의 모든 면에 있어 경험의 힘은 절
대적이다.

그러나 뒤집어 보면, 시안과 팔콘은 그런 악조건을 뚫
고서도 아카데미에 고용됐다는 의미다.

실로 천재들이라 할 수 있었다.

"그러나 내 아들에게 치명적인 굴욕을 준 것을 좌시할
수는 없다."

미켈의 몸이 부르르 떨렸다.

아들을 위해서가 아니다. 다른 누구를 위해서도 아니
다.

베인 백작가라는 이름.

제국의 여섯 후작들조차 두려워하여 작위 승계를 견제
할 정도의 위명!

그 아성을 굳건히 하기 위해서라도 크로고스 백작에게
먹칠을 한 이들이 존재해선 안 됐다.

"필리안 왕가에 대한 빚은 언젠가 갚는다. 아이넬 필리안 공주로 인한 굴욕 역시 언젠가 해결할 것이다. 그러나 지금은 아니다."

아무리 제국의 철혈백이라 해도 아직 왕가를 건드릴 세력은 되지 않았다. 그러나 미켈이 아는 한 언젠가는 그렇게 될 것이었다.

중요한 것은 지금.

지금 크로고스 백작이 영향력을 발휘할 수 있는 인물은 하나뿐이었다.

그 사실에 미켈은 몸을 떨었다.

'일면식 하나 없는, 어쩌면 대륙의 축복이 될 수도 있는 엔지니어를 세상에서 지우겠단 말씀이시군요, 백작님.'

미켈은 속으로만 중얼거렸다.

잠시 창밖을 보며 생각하던 크로고스 백작이 말을 꺼냈다.

"그러고 보니 승전지의 유적을 탐사해야 하는군."

"파르마 접경 지역의 유적 말씀입니까?"

"그래. 황제 폐하께선 내게 직접 발굴단을 구성하라고 명하셨다."

이번 제국군이 삼국 연합군을 상대로 승리한 지역, 그곳이 바로 파르마 접경 지역이었다.

총 4개의 국가가 얽힌 이 전쟁의 이유는 바로 고대의 유적.

대마도시대의 것으로 보이는 유적이 그곳에 있었다.

대마도시대의 유적이 갖는 의미는 컸다.

그 대개가 마법사들의 탑이었던 만큼 유실된 고대의 마법이나 아티팩트를 발견할 수도 있었다. 막대한 금은보화를 얻을 수도 있었다.

그러나 그중에서 가장 큰 목적은 따로 있었다.

'고대의 영혼기병, 에인션트 급 타이탄!'

홀로 세계를 좌우할 수 있다는 전설의 병기, 에인션트 급 타이탄은 유적을 발굴하는 모든 이들의 꿈이었다.

물론 확률은 높지 않다.

수백 수천 개의 유적이 탐사되었음에도 발굴된 에인션트 급 타이탄은 고작 7기에 지나지 않았다.

그중 유일하게 국가에 소속되어 있는 타이탄이 바로 엠페라토르(Emperator).

아카테스 제국 황제의 타이탄이었다.

나머지 6기는 어느 국가에 속해 있지 않으며, 제국을 견제하는 역할을 하고 있었다.

현재 대륙의 균형을 이 에인션트 급 타이탄들이 유지하고 있다고 해도 과언은 아니었다.

그러나 이러한 판도에 변화가 온다면?

예컨대 제국의 고대 타이탄이 2기가 된다면?

안 그래도 절대적인 아카테스 제국의 영향력은 더욱 커질 것이다.

때문에 제국의 유적 발굴은 현재에 이르러서도 활발했다. 다른 국가들의 경우엔 이를 막기 위해서라도 유적 발굴에 애를 썼다.

이번에 제국에 맞서 삼국이 연합한 것도 이 때문이었다.

'백작님에 의해 깨어지긴 했지만.'

미켈은 대략의 상황을 머릿속에 그렸다.

파르마 접경 지역은 현재 제국의 영토다.

그러나 접하고 있는 세 국가에 의해 언제라도 침범당할 수 있었다.

때문에 유적 발굴엔 대규모 병력이 동원될 것이다. 수많은 병사들과 기사들, 마법사들과······.

'타이탄들이 동원되겠지.'

크로고스 백작이 입을 열었다.

"오스트를 그 발굴단에 합류시킨다. 너는 그 아이의 보조로서 참여하도록 해라."

"그러나 백작님, 지금은 학기 중입니다."

"휴학 허가를 요청하겠다. 어차피 엔지니어들을 지원받기 위해서라도 아카데미로 다시 가야 한다."

'역시……'

미켈은 다시 생각을 이어 갔다.

타이탄이 있는 곳엔 반드시 타이탄 엔지니어가 필요하다. 그것도 실력이 있는 엔지니어일수록 좋다. 어떤 상황이 벌어질지 모르니 말이다.

그리고 아카데미와 제국은 일종의 제휴 관계에 있었다.

거기까지 생각이 미치자 절로 목소리가 나왔다.

"시안을 발굴단의 엔지니어로서 참여하게끔 요청할 생각이시군요."

"타이탄 레이스를 우승으로 이끈 엔지니어인 만큼 실력은 보증된 셈이다. 게다가 신기술 개발에 큰 공헌까지 했으니 이 정도 적임도 없다."

간단했다.

시안을 발굴단에 참여시키고, '미처 예기치 못한' 사고가 벌어질 것이다.

우연히 그 자리에 있던 시안은 사고에 휘말릴 것이다.

"하지만 과연 시안이 따라나서려 할까요? 자신의 상황이 위험할 수 있다는 건 본인도 알고 있을 겁니다. 혹은 아이넬 공주나 다른 이가 귀띔을 해 줄 수도 있고요."

"아마 그 정도로 영리하다면 누구에게 듣지 않더라도 알 테지."

크로고스 백작은 미소를 지었다.

"그렇기에 폐하의 칙령을 받을 예정이다."

"⋯⋯!"

미켈의 눈이 부릅떠졌다.

그 누구도 거역할 수 없는 게 제국 황제의 칙령이다. 이를 거부할 시엔 제국을 전면으로 거부하는 것으로 여겨져 제국 공적으로 규정된다.

그만큼이나 발령에 신중한 것이 칙령.

크로고스 백작은 지금 그 칙령을 요청하겠다는 것이다.

"화, 황제 폐하께서 과연 윤허하실까요?"

"이번 전공의 수훈으로서 내려 주십사 부탁하면 된다."

크로고스 백작의 말이 옳았다. 이번 전쟁에서 백작이 세운 위업이라면 이 정도 칙령을 받는 데엔 문제가 없었다.

미켈은 마른침을 꿀꺽 삼켰다.

'진실로 무서운 분이시다. 개미 새끼 한 마리를 짓이기는 데에도 이리 철두철미하실 수가 있단 말인가?'

결코 적으로 돌려선 안 될 인물.

미켈이 알고 있는 크로고스 백작은 그런 존재였다.

'이제 시안이란 엔지니어의 목숨은 끝난 것이나 마찬

가지다.'

✤ ✤ ✤ ✤ ✤

타이탄 레이스의 열기는 경주가 끝나고 난 뒤로도 일
주일 동안 이어졌다. 만나는 이들마다 레이스와 그 후일
담을 입에 올렸다.

물론 화제의 대부분은 레이스보다도 후일담에 집중되
었다. 아무래도 보다 인상적이었던 까닭이다.

"정말이야? 정말로 백작 자제가 공주의 구두를 핥았
어?"

"크크큭. 내가 바로 앞에서 봤지. 그 자기 잘난 맛에
살던 오스트 베인이 무릎을 꿇고서 천천히 구두를 핥더
라니까?"

"제국 백작가의 이름도 땅에 떨어졌군."

"뭐, 철혈백 크로고스 베인이 직접 아카데미를 방문했
을 정도니……."

"그나저나 아이넬 공주의 엔지니어들, 우리랑 비슷한
또래라며?"

어딜 가나 레이스 이야기였다.

열기가 이런 만큼 당사자들이 시달리는 것도 당연한
일이었다. 물론 공주인 아이넬을 누가 감히 건들 수야 없

으니 그녀에 대한 관심까지 나머지 두 엔지니어들에게
집중됐다.

지금처럼.

우르르.

레지안의 품에서 굴러 떨어지는 물건들을 보며 시안은
할 말을 잃었다.

소박하게는 꽃다발에서부터 황금으로 된 조각, 심지어
말로만 들어 본 백지 수표까지 있었다. 정말 없는 게 없
는 셈이었다.

"이게 다 뭡니까?"

"시안 엔지니어님의 팬들이 보낸 선물이죠, 뭐."

"팬이라고요?"

"모르셨어요? 요즘 학생들의 화제는 온통 아이넬 공주
와 엔지니어님 얘기뿐이에요. 공주를 위해 새로운 기술
을 개발해 낸 젊은 엔지니어! 제법 학생들의 구미가 당기
는 이야기죠."

시안은 난감한 마음을 감출 수가 없었다.

보조 추진이 되는 신형 엔진이야 절반은 록펠 기술부
장의 작품이었다. 마치 시안 홀로 만들어 낸 것처럼 소문
이 난 게 마음에 걸렸다.

하물며 아이넬 공주는 어떠한가.

그녀와 시안은 그저 협력 관계였을 뿐이다.

시안은 그녀를 내기에서 승리하게끔 돕고, 그녀는 왕실 엔지니어로서 시안을 천거한다. 조건과 보상이 분명한 실리 관계였다.

레지안은 선물 꾸러미를 시안에게 떠밀었다.

"어쨌든 이거 받아요. 선물 들고 도서관 찾아오는 학생들 때문에 일을 못 할 지경이에요."

"그런데 어째서 레지안 씨에게 선물을 건네주는 거죠?"

"지난번 엔지니어님이 도서관을 찾아 오셨을 때 기억나요? 그때 얼굴을 기억한 학생들이 저에게 선물을 전해주라고 맡긴 거죠."

시안은 쓴웃음을 지었다. 기름 냄새가 역하다고 노려볼 땐 언제고 선물이라니.

물론 그때 사람들과 이 사람들과 동일 인물이라고만 할 순 없겠지만 말이다.

"일단 받아는 둘게요."

"다시 가져오시면 안 돼요. 아셨죠? 시안 엔지니어님이 알아서 처리하세요."

"동료들에게 하나씩 나눠 주면 되겠죠. 알았으니 너무 걱정 마세요."

"휴, 다행이네요."

레지안은 땀을 훔치는 시늉을 하며 웃었다.

시안은 그제야 아차 하는 생각이 들었다.

"들고 오느라 힘드셨죠? 들어오세요. 차라도 한 잔 대접해 드리죠."

"아, 감사하긴 한데 바로 가 봐야 할 것 같아요. 사실 근무 시간에 잠시 짬 내서 나온 거거든요."

"그러면 물이나 한 잔 하고 가세요."

시안은 선물 꾸러미를 방구석에 대강 놓아 둔 다음 물컵을 가지고 나왔다. 레지안은 컵 한 잔을 금세 비우고 숨을 내쉬었다.

"이제 살 것 같네. 고마워요, 엔지니어님."

"별말씀을."

"음, 저 그런데요, 엔지니어님."

바로 간다던 레지안은 무언가 머뭇거리는 눈치였다. 시안은 그녀가 할 말이 있나 보다 생각했다.

"그럼 도서관까지 걸으면서 얘기하죠."

"아, 네!"

시안은 작업복이 아닌 평상복을 입고 나왔다. 희미한 기름 냄새야 어쩔 수 없었지만 그냥 보아선 엔지니어보단 학생에 가까워 보였다.

'당분간은 작업복 입고 쏘다니지도 못하겠네.'

시안의 인상착의 정도는 이미 널리 퍼졌으리라. 괜한 일에 휘말리기 싫으면 이런 변장 아닌 변장이라도 하는 편이 나았다.

'그나저나 팬들이라.'

시안은 선물 꾸러미를 떠올렸다.

내려놓기 전 힐끔 보았던 선물들 사이엔 다수의 서신들이 꽂혀 있었다.

그 전부가 생각 없는 소녀들의 고백 편지라고 생각한다면 멍청한 일이리라.

'최소한 이 베이탈 아카데미에선 전혀 아니지.'

모름지기 대륙 최고의 명문!

가장 어린 학생조차 어지간한 어른보다 영악한 게 이곳이었다. 사소한 행동에도 크고 작은 의미가 숨겨져 있었다.

그리고 지금 시안이 놓인 상황을 생각해 본다면 의미야 뻔하다.

'저 대부분이 스카웃을 제안하는 편지일 것이다.'

백지 수표만 봐도 그랬다. 언뜻 보니 제국 유수의 가문 인장이 새겨져 있었다. 어마어마한 돈을 써 넣는다 해도 감당할 수 있을 만한 가문이었다.

시안은 자기도 모르게 고개를 저었다.

'대체 지금껏 우승했던 엔지니어들은 이 난리를 어떻게 버텨 냈나 몰라.'

사실 이는 시안이 잘못 생각하는 것이었다.

시안과 역대 레이스 우승자들과는 경우가 달랐다. 새로운 기술을 개발해 냈다는 점, 그리고 역대 최연소란 부분이 시안의 가치를 상승시켰다.

특히 보조 추진 장치의 발전 가능성은 무궁무진했다. 솔저 급 이상의 전투 타이탄에 응용한다면 그 위력은 엄청날 터였다.

지금 기술부장 록펠 역시 스카웃 제의에 시달리고 있다는 건 시안만 모르는 사실이었다.

"조심하셔야겠어요."

레지안의 말이었다.

그녀를 돌아본 시안은 그녀가 하려던 말이 이거였구나 생각했다.

도서관만큼 학생들의 분위기를 알기 쉬운 곳도 없을 터. 그녀는 누구보다도 빠르게 학생들 사이의 이야기를 엿들을 수 있었을 것이다.

"도서관의 분위기는 어떻던가요?"

"굳이 말할 필요도 없을 정도라면 이해가 되겠어요?"

"꽤 후끈한가 보군요."

나란히 걷던 레지안이 몸을 빙글 돌렸다.

양 갈래로 땋인 붉은 머리칼이 어깨 위에서 찰랑거렸다.

"아실지 모르겠지만 베이탈 아카데미에 입학하는 학생

대부분은 이미 한 차례 이상 교육을 받았어요. 입학의 목적 역시 학문 자체보다도 인맥 쌓기에 있죠. 이는 귀족이나 평민이나 다를 게 없어요."

"그건 알고 있습니다."

귀족들은 쓸 만한 인재를 찾고, 평민들은 자신들을 알아줄 주인감을 찾는다.

시안 역시 멀리서나마 그 모습들을 보아 왔다.

"그럼 얘기가 편하겠네요. 지금 시안 엔지니어님은 그야말로 황금 사과예요. 먼저 따 먹는 사람이 임자죠."

"하하……."

따 먹는다는 표현에 시안은 헛웃음만 지었다.

정조를 빼앗는다는 따먹다란 표현과 발음이 똑같지 않은가.

"물론 아이넬 공주라는 파수꾼이 있긴 해도, 솔직히 도전 불가능할 일은 아니죠. 게다가 그녀는 경계에만 정신을 쏟기 힘든 상태고요."

"그게 무슨 의미인지 물어도 될까요?"

"크로고스 백작에 대해선 알고 계시죠?"

시안은 입을 닫았다.

철혈의 백작. 제국의 전신(戰神).

크로고스 백작의 명성은 엔지니어인 저잣거리의 어린아이들도 알 정도다.

그런 이에게 씻을 수 없는 모욕을 주었다. 수많은 이들 앞에서 아들을 그 모양으로 만들었으니 후폭풍은 엄청날 것이었다.

왕국의 공주라 해도 마음 놓을 수 없을 터.

"그런 만큼 아이넬 공주가 절 돌보기 힘들 테고, 다른 가문들이 저를 채 갈 기회도 클 거란 겁니까?"

"잘 알고 계시네요. 아까 선물도 단순히 엔지니어님에게 반해서 준 것은 아닐 거예요."

"그거야 알고 있지만, 솔직히 기분이 나쁘네요."

레지안은 새삼스러운 눈으로 시안을 보았다.

시안은 일그러진 인상을 펴지 않았다.

"저는 아이넬 공주의 소유물도 아니고 그녀는 저를 지키는 파수꾼도 아닙니다. 그런데 저를 제외한 모두가 그게 진실인 양 생각하고 있어요. 제 의사는 누구도 생각하지 않고."

"시안 엔지니어님……."

"그 사실 때문에 화가 납니다. 전 그저 평생 타이탄을 정비하며 살아가고 싶을 뿐인데 왜들 그렇게 가만히 두려고 않는 거죠?"

시안은 주먹을 꽉 쥐었다.

화가 나니 마음속에 커다란 불꽃이 들어온 것만 같았다. 칼리드 선생의 마나 연공법으로 축적한 마나 덩어리가 뭉쳐드는 게 아닐까 싶었다.

감정이 격해질수록 감각은 예민해졌다.

일순 레지안의 몸을 구성하는 마나의 흐름이 눈에 보이는 듯도 하였다.

격한 감정 속에서도 시안은 내심 놀랐다.

'마나 연공법으로 인한 건가? 그렇다면 타이탄의 마나 역시 눈으로 느낄 수 있을까?'

이런 상황임에도 별난 생각이 들어 버렸다. 타이탄에만 미쳐 있는 시안의 성격이 튀어나와 버린 것이다.

레지안은 그런 시안을 불안한 눈으로 바라봤다.

'이런.'

시안은 뒤늦게 치오르는 격노를 진정시켰다.

사실 생각해 보면 그렇게 화를 낼 일도 아닐 텐데 우스웠다.

"기분이 상하셨으면 죄송해요."

정말 미안하다는 얼굴로 말하는 레지안. 이렇게 되니 오히려 시안이 미안해졌다.

"아뇨. 오히려 제가 죄송하죠. 레지안 씨는 저를 위해 말씀해 주신 건데……."

"아니에요. 제가 엔지니어님의 마음도 모르고 너무 말을 생각 없이 한 것 같아요."

서로 사과를 하니 분위기가 어색해졌다.

두 사람은 도서관까지 한마디 없이 걸었다.

"그럼 들어가 보세요."

"예. 배웅해 주셔서 고마워요. 선물 쌓이면 또 가지고 갈게요."

시안은 쓴웃음을 짓고 몸을 돌렸다.

발걸음을 떼려는데, 레지안이 목소리가 들려왔다.

"조심하라 했던 것, 다른 귀족들 때문이 아니었어요."

"예?"

시안이 몸을 돌리니 레지안은 어두운 표정을 짓고 있었다.

"크로고스 백작이 아이넬 공주를 괴롭힐 거라고 말했었죠? 하지만 생각해 보면 백작에게 모욕을 준 건 공주뿐만이 아니에요."

"그게 무슨……."

시안의 목소리가 잦아졌다.

별안간 머릿속에 벼락처럼 생각이 스쳐 갔다.

크로고스 백작은 자신에게 모욕을 준 이들은 가만두지 않을 것이다.

시안 역시 그 모욕에 간접적으로 관계되어 있다.

아니, 오히려 공주 이상일 수도 있다. 솔직히 시안이 없었다면 그녀가 레이스에서 승리하지도 못했을 테니까.

'결국…….'

시안은 분명해진 눈으로 레지안을 보았다.

그녀가 입술을 깨물고 말했다.

"조심하세요. 정말 조심하셔야 해요."

✤ ✤ ✤ ✤ ✤

며칠 뒤 칙령이 발표되었을 때도 시안은 놀라지 않았다.

마침내 올 것이 왔구나 하는 생각마저 들었다.

"이건 말도 안 돼!"

팔콘이 분통을 터트렸다. 그의 옆에 앉아 있던 칼리드역시 이를 갈았다.

"함정이 분명해. 크로고스 백작이 굳이 자네를 데려갈이유가 없네!"

"아마도 그렇겠죠?"

"'아마도 그렇겠죠?'라니! 시안 너, 지금 이 상황이얼마나 심각한지 몰라서 그래?"

칙령의 내용은 간단했다.

'파르마 접경 지역의 유적 발굴을 위하여 베이탈 아카데미의 엔지니어들을 차출한다. 그 구성은 엔지니어 시안을 필두로 한 열 명으로 정한다.'

누가 봐도 시안을 노린 게 분명했다.

이렇게 노골적이어선 바보라 해도 뭔가 있다는 걸 느낄 정도였다.

본디 다혈질인 팔콘은 칙령을 가져온 사자들에게 덤벼들려고까지 했다. 다른 엔지니어들이 말리지 않았다면 유혈 사태가 벌어졌을 것이다.

"가만히 있을 일이 아니야, 시안! 분명 무슨 음모가 있을 거라고!"

"그렇다고 가지 않을 수도 없잖아."

"어휴!"

팔콘이 답답한 듯 가슴을 쳤다.

그로선 시안이 체념한 게 아닌가 싶었다.

머리가 좋은 만큼 이미 오래 전에 징조를 느꼈을 터. 피할 길이 없음을 알고 미리 포기해 버린 게 아닐까 생각했다.

그러나 그렇지 않았다.

"팔콘, 내가 포기했다고 생각해?"

시안의 물음에 팔콘의 표정이 진지해졌다.

"뭔가 방법이라도 있냐?"

"글쎄. 하지만 노력해 볼 가치는 있겠지."

"좀 더 자세히 얘기해 봐!"

시안은 칼리드를 돌아봤다.

"칼리드 선생님."

"음?"

"제게 가르쳐 주셨던 마나 연공법 말인데요, 본래 상대방의 마나를 눈으로 보는 능력을 익히게 되는 것이었습니까?"

칼리드의 표정이 심각해졌다.

"……지금 뭐라고 했나, 시안. 상대방의 마나를 볼 수 있다고?"

"예."

시안은 자신이 요사이 느끼고 있던 것들을 설명했다. 이따금, 매우 드물지만 사람들을 구성하고 있는 빛의 흐름이 보인다는 것. 아마도 그게 마나가 아닐까 생각된다는 것을.

굳은 표정으로 생각하던 칼리드가 물었다.

"혹시 타이탄에 대해서도 시험해 봤나?"

"요사이엔 가동 중인 타이탄을 몇 번 보지 못해 시도를 거의 못 해 봤습니다. 그리고 시도했을 때마다 실패했고요."

"으음."

칼리드가 침음하자 팔콘이 둘을 번갈아 보며 캐물었다.

"대체 뭔데? 선생님, 그게 무슨 조화인데요?"

"나도 확답할 수는 없네. 그러나 마나 연공에 의한 것이 아니란 것만은 확실하네. 마나 연공법은 체내에 마나를 축적하기 위한 것에 지나지 않아."

시안이 끼어들었다.

"그럼 제 뱃속에서 때때로 느껴지는 뜨거움은……."

"자네 몸에 축적된 마나 덩어리지. 그나저나 놀랍군. 연공법을 몇 개월간 수련하지 않고는 느끼기도 힘들 터인데."

"가르쳐 주신 방법대로 매일 호흡해 왔으니까요."

시안이 밝은 얼굴로 답했다. 칼리드도 조금은 씁쓸한 미소를 지었다.

"어쩌면 자네에게 검의 소질이 있었는지도 모르겠어. 이럴 줄 알았으면 간단하게나마 검술을 전수할 것을 그랬군."

"어차피 체질에 안 맞아 금방 포기했을 겁니다. 호흡이야 그저 버릇 삼아 따라했던 것뿐이고요."

간략히 대꾸한 시안이 팔콘을 돌아봤다.

"팔콘, 난 지금부터 그곳에서 살아남기 위한 모든 방편을 마련할 생각이야."

"방편을 마련한다고?"

"아무리 백작이라 해도 보는 눈 많은 곳에서 날 죽일 순 없어. 은밀한 암살을 노리거나 사고로 위장하려 하겠지."

그게 바로 문제가 아니던가. 팔콘이 그렇게 말하려 했으나 시안이 먼저 말을 이었다.

"하지만 지금 내겐 그것을 예측할 수단이 있어."

"예측할 수단? ……아!"

팔콘이 자기도 모르게 손뼉을 쳤다. 칼리드 역시 고개를 끄덕였다.

"그렇군. 자네 말대로 마나의 흐름을 눈으로 볼 수 있다면……."

"적의 행동을 읽을 수도 있겠죠."

시안의 말대로다.

특히나 수련을 거듭한 실력 있는 검사일수록 살기에 따라 마나의 흐름이 민감하게 변한다.

이는 과거에 한번 칼리드가 지나가듯 말한 적이 있는 내용이었다.

"내 얘기를 기억하고 있었군."

시안은 씩 웃었다.

"선생님이 몇 차례 시범을 보여 주시면 그 특유의 마나 흐름이 어떠한지 알 수 있을 겁니다."

"괜찮은 생각이야. 내 보기에도 자네라면 가능할 것 같네."

그제야 팔콘의 얼굴도 완전히 밝아졌다.

이거라면 최소한 위험을 읽을 수 있다.

그렇다면 자리를 피하거나 하여 죽음에서 벗어날 수도 있을 터.

물론 시야에 미치지 않는 원거리에서의 공격엔 여전히 위험했지만, 이는 엄폐물 뒤로 숨거나 하는 식으로 대처하면 되는 것이었다.

"잘됐구나! 정말 잘됐어!"

팔콘은 마치 자기 일인 양 기뻐했다. 이 하나로 모든 위험을 차단하긴 어렵겠지만, 최소한 가능성은 보인 셈이었다.

"다른 대처법들은 남은 시간 동안 차차 알아 갈 생각이야."

다짐하듯 중얼거리는 시안.

그를 바라보는 칼리드의 표정은 복잡했다.

'이 아이의 한계는 대체 어디까지인가.'

영리한 거야 알고 있었다. 이 정도 대처를 할 수 있으리란 것도 잘 알았다.

그러나 설마 마나를 읽을 수 있을 줄은 몰랐다.

'이는 검사 중에서도 최상급에 이른 이만이 가능한 기술인데.'

살기를 읽는다거나 다음 움직임을 예측한다거나 하는 것은 비교적 쉽다.

물론 적이 누구이며 상황이 어떠한가에 따라 다르지

만, 보편적으로 소드 익스퍼트에 이른 검사라면 어느 정도 가능하다.

'그러나 마나의 흐름 자체를 눈으로 본다고?'

그냥 보아선 별것 아닌 듯하지만, 실로 무서운 능력이었다.

살기를 읽거나 움직임을 예측하는 건 상대방 입장에서도 이용할 수 있는 부분이다. 예컨대 왼쪽을 방어하게 유도하면 오른쪽을 치는 식의 페이크처럼.

그러나 마나 자체를 읽으면 이 전부가 무용지물이 된다.

나아가 상대의 마음을 거의 완벽하게 간파할 수도 있다.

이는 익스퍼트 최상급에나 이르러야 가능할 일. 실제로 최상급의 경지에 이른 칼리드조차 쉽게 펼치지 못했다.

마법사들의 경우엔 조금 나은 편이었다.

5서클 마스터의 경지에 오른 마법사도 마나를 읽을 수 있었다.

'그리고 또 다른 경우엔…….'

달인의 경지에 이른 타이탄 라이더가 그러했다.

타이탄의 모든 것을 꿰뚫어 보는 이들 역시 마나의 흐름을 보는 것이 가능했다. 누군가의 말처럼, 실로 극과

극은 통하는 것이었다.

'그러고 보면 시안은 유독 마나를 느끼는 감각이 뛰어났다. 타이탄을 촉진하는 데 있어서도 베테랑 엔지니어들을 뛰어넘을 정도였어.'

칼리드는 생각을 이어 갔다.

'선천적으로 뛰어난 마나 감각. 여기에 상당량의 경험과 마나 연공법이 더해져 시너지 효과를 일으킨 것은 아닐까?'

일단은 가설에 불과했으나, 제법 그럴싸한 것이었다.

Chapter 6

유적으로 향하다

시안은 목검을 쥐었다. 수백 그램의 무게가 적당한 압박을 두 팔에 가했다.

잠시 숨을 고른 후 칼리드가 일러 줬던 검행을 따라했다.

앞으로 베다가 뒤로 당기고, 찔렀다가 물 흐르듯 비틀었다. 두 다리의 움직임이 연달아 일어나고 양팔과 목검이 뒤따라 움직였다. 고작 며칠 흉내 낸 것치곤 제법 모양새가 났다.

"후우."

얼마 움직이지 않았는데도 온몸이 땀에 젖었다. 당연한 일이다. 걸음 하나 옮길 때에도 아랫배에 힘을 주고 있었으니까.

"역시 검은 나랑 맞지 않는단 말이야."

시안은 쓰게 웃으며 목검을 내려놓았다. 그리고 느티나무 그늘 아래에 걸터앉았다.

키잉. 철커엉……

멀리 타이탄이 움직이는 소리가 들렸다.

시안이 안달이 나서 두 손을 비볐다.

"으으, 만지고 싶다, 만지고 싶어."

벌써 며칠째 타이탄을 못 만졌다. 칼리드가 내린 특단의 조치였다.

'살아남고 싶다고 했지? 그럼 검을 들게. 지금부터라도 속성으로 자네의 육체적 능력을 강화하는 걸세. 타이탄은 잠시 잊고 말이야.'

칼리드는 매몰차게 시안을 닦달했다.

검술 구결을 암기하게 했고 복잡한 검행을 따라하게 했다. 엔지니어 일을 잊고 육체 단련에만 힘을 쏟도록 했다.

그리고 항상 아랫배에 힘을 주고 다니게 했다.

'이따금 아랫배에 뜨거운 기운이 뭉친다고 했지? 그게 자네가 축적해 놓은 마나일세. 마나야말로 육체와 더불어 마지막까지 자넬 떠나지 않는 무기네. 그것을 꼭 자신의 것으로 만들게!'

칼리드의 목소리가 머릿속에서 울렸다. 기실 위의 말들을 몇 번이고 강조했던 그였다.

"휴, 정말 도움이 되면 좋겠는데……."

아무래도 시안은 검에 문외한이다.

지금 하고 있는 것들이 큰 도움이 될지 확신하기가 어려웠다.

"뭐, 아카데미 학부 선생님의 가르침인데 설마 손해야 보겠어?"

철컹. 쿠웅.

"응? 타이탄의 발소리잖아?"

그렇게 중얼거리는 시안 앞으로 비교적 가까운 곳을 이동하고 있는 타이탄이 보였다.

시안의 입이 절로 열렸다.

"솔저 급. 육탄 전용 중무장 타이탄 스콜피온. 엔지니어 마스터 엑사일에 의해 만들어진 제국을 대표하는 양산형 영혼기병."

글이라도 읽듯이 정보를 쏟아 낸 시안이 고개를 갸웃거렸다.

"제국의 타이탄이 왜 아카데미에? 이제 곧 출발하게 돼서 그런 건가?"

파르마 접경 지역 유물 발굴단은 베이탈 아카데미에서 출발하기로 정해져 있었다. 때문에 제국 측에서 미리 타이탄들을 옮겨 놓는 모양이었다.

"하아, 만져 보고 싶다."

시안은 흐뭇한 얼굴로 스콜피온을 보았다.

적과 아군을 떠나 타이탄을 보는 것만으로도 기분이
좋았다.

그 순간, 시안은 시각이 예민해지는 걸 느꼈다.

"응?"

스콜피온의 몸체 위로 빛의 흐름이 나타났다. 이전에
도 몇 차례 보았던, 그러나 타이탄을 상대론 처음인 마나
감지였다.

한 걸음마다 마나의 흐름이 확실하게 각인됐다.

시안은 그 모습에 매료되어 한참을 침묵했다.

스콜피온이 멀리 사라질 때까지도 시선을 떼지를 못했
다.

"뭘 그렇게 보고 있지?"

"아."

시안은 화들짝 몸을 일으켰다. 어느새 아이넬 공주가
바로 뒤에 다가와 있었다.

"공주님을 뵙습니다."

시안은 허리를 숙여 예를 표했다.

"딱딱한 인사는 됐어. 뭘 그렇게 보고 있었지?"

"스콜피온의 움직임을 보고 있었습니다."

"스콜피온? 아, 제국의 타이탄 말이로군. 그리고 보니 타이탄을 당분간 못 만지게 됐다던가? 칼리드 선생님에게 들었어."

"예, 아무래도 준비해야 할 게 있어서……."

아이넬은 힐끔 눈동자를 움직여 시안 옆의 목검을 보았다. 준비랄 게 무엇인지는 그녀도 대강 짐작했다.

그녀의 눈동자가 살짝 흔들렸다.

"……내가 널 거둘 수도 있다."

아이넬의 목소리는 평소보다 무거웠다.

"너를 내 직속 엔지니어로 고용할 수 있어. 아카데미 측과 얘기를 해야겠지만, 아마도 어렵지는 않을 거야. 그러면 저 발굴단을 따라갈 필요도 없다."

이미 비슷한 얘기를 들은 적이 있는 시안이었다. 록펠 기술부장 역시 자신의 지위를 버려서라도 시안을 돕겠다고 했었다.

'이렇게 자네를 잃을 순 없네. 본래는 자네에게 엔진을 맡긴 나의 실수. 내가 나서면 어떻게든 상황을 진정시킬 수 있을 걸세!'

시안은 그 제의를 거절했다.

그리고 지금도.

"감사하지만 괜찮습니다."

"어째서?"

아이넬의 목소리가 조금 높아졌다. 처음 보는 그녀의 모습에 시안은 조금 당황했다.

"내가 널 끌어들였지. 넌 그저 내게 협력을 했을 뿐이야. 네가 굳이 나와 백작가의 싸움에 휘말려 희생될 필요는 없다고 보는데."

시안은 작게 한숨을 쉬었다.

"사람을 물건 취급하면 좋습니까?"

아이넬의 얼굴이 딱딱하게 굳었다.

거의 무의식적으로 나온 말이었다. 사지로 떠나는 마당이다 보니 용기가 난 까닭일 수도 있었다.

어찌 됐든 이미 엎질러진 물이다.

시안은 언성을 높이지 않으려 노력하며 말을 이었다.

"공주님이 어떻게 생각하시든 제가 택한 길입니다. 제 의지로 협력을 약속했고 제 의지로 기술부장님을 찾아갔습니다."

"……."

"그리고 승리했지요. 물론 공주님의 도움이 없었다면 불가능했겠지만, 결국 그렇다 쳐도 이번 일에 대한 우리 둘의 비중은 반반입니다. 이건 저와 백작의 싸움이기도 하다는 말입니다."

아이넬은 입을 열지 못했다. 설마 엔지니어 주제에 이렇게 당돌한 말을 할 줄은 몰랐다.

"제가 택한 길이니 그에 따른 책임도 제가 집니다. 공주님이나 기술부장님의 제안을 따를 수는 없습니다. 이건 제 일입니다."

"그렇게 자존심을 내세우다 죽겠다고?"

"죽지 않을 겁니다."

시안은 단언하듯 말했다.

사실 이것만이 이유는 아니었다. 시안이 생각하기엔 자신이 아카데미를 떠나는 게 최선이었다.

공주나 기술부장의 도움을 받아 당장의 도움을 피한다 치자. 그래 봐야 백작을 도발할 뿐이다.

보다 거대한 힘으로 시안을 압박해 올 터였다. 더불어 공주나 기술부장에게도 마수가 뻗칠 터.

'내가 아카데미를 떠나는 게 최선이다.'

시안은 속으로만 중얼거렸다.

아이넬은 입술을 잘근 깨물었지만 뭐라 더 말하지 못했다. 그녀 역시 시안이 말하지 않은 내용을 파악하고 있었다.

'내가 사람을 잘못 봤구나.'

그녀는 속으로 생각했다.

'이 남자는 내 생각보다도 그릇이 커.'

단순히 실력 좋은 엔지니어라고만 생각했었다.

그런데 아니었다. 안을 파고들어 보니 그녀가 생각한

것 이상으로 현명하고 사려 깊었다.

아이넬은 자신의 목덜미로 손을 가져갔다.

그리고 목걸이를 끌러 시안에게 건넸다.

"공주님?"

"네 의지가 이렇게 굳셀 줄은 몰랐어. 받아. 이건 내 사과의 선물이다."

"하지만……."

"돌아와서 내게 돌려줘."

그렇게까지 말하니 안 받을 수도 없었다.

시안은 그녀의 목걸이를 받아들였다. 수수해 보이는 목걸이였으나 왠지 모르게 기품이 느껴졌다.

"반드시 돌아와. 반드시."

아이넬은 그 말을 남기고 떠나갔다.

한 달의 시간이 쏜살같이 지나갔다. 눈 깜빡할 새에 유적 발굴단의 출발일이 다가왔다.

시안은 동료들과 조촐한 인사를 마쳤다.

분위기는 어두웠다. 모두들 시안이 함정에 빠졌다는 걸 알 정도의 눈치는 있었다.

떠나가는 시안이 오히려 분위기를 띄우려 할 정도였다.

"제가 준 선물들 잘 쓰세요. 원래는 귀족들 거니까 아끼지 않아도 돼요."

한때의 팬들이 보냈던 선물은 모두 나눠줬다. 어차피 칙령 발표 이후로 러브콜도 끊겼기에 뒤끝은 전혀 없었다.

"시안, 꼭 살아 돌아와라."

팔콘이 시안을 껴안으며 말했다. 진심 가득한 말에 시안의 가슴이 짜르르 울렸다.

왠지 가만히 있다간 눈물이 날 것 같아 농담을 꺼냈다.

"팔콘, 너 공주님의 키스는 받았냐?"

"……뭐?"

"거래 조건이었잖아. 우리가 레이스에서 승리하면 키스를 받는다."

팔콘이 황당한 얼굴을 했다.

"시안, 너는 이 상황에 그런 얘기를……."

"난 돌아온 다음에 받을 생각이다."

의미가 분명한 한마디.

팔콘은 울먹임을 참고 웃었다.

"그래, 꼭 돌아와서 같이 받자고."

"무사히 돌아와라, 시안."

"우리도 실력을 갈고닦아 복수전에 나설 거니까 각오하라고, 챔피언!"

동료 엔지니어들의 인사를 받으며 시안은 숙소를 나섰다.

✤ ✤ ✤ ✤ ✤

파르마 접경 지역엔 아직도 전쟁의 기운이 팽배했다.

크로고스 백작이 압도적인 대승을 거두긴 했다.

그러나 고작 한 번의 패배일 뿐. 그것으로 포기할 삼국 연합군이 아니었다.

물론 기울어진 병력 차를 어찌 할 수는 없다. 때문에 연합군 측에선 게릴라군을 운용하는 유격 전술을 펼쳤다.

때문에 현재도 파르마 접경 지역에선 전투가 발발하고 있었다.

발굴단의 리더는 녹턴 자작이 맡았다. 그 아래로 오스트 백작 자제와 몇몇 남작들이 있었고 시안은 바로 아래인 엔지니어장이었다.

"잘 부탁하네."

녹턴 자작은 정중하게 인사를 건네 왔다. 아카데미 측에 대한 예의가 분명히 느껴졌다.

반면 오스트 베인은 온몸에서 흉흉한 기세를 풍겼다. 마치 시안이 불구대천의 원수라도 되는 것 같았다.

한 달 목검을 휘두른 게 전부인 시안마저 눈살을 찌푸릴 정도의 살기.

'저 녀석은 기본적으로 조심해야겠군.'

또한 그 외의 발굴단원들을 만나며 첫인상을 파악했

다. 특히 몸이 가벼워 보이는 이들을 머릿속에 각인했다.

'암살의 정도는 어디까지나 속도와 고요함!'

칼리드의 목소리가 머릿속에 울렸다.

발굴단은 전원 웨건 급 타이탄을 탄 채 이동했다. 몇몇 라이더들만이 전용 타이탄에 탑승했다.

그리고 이동 일주일째에, 파르마 접경 지역에 도착했다.

"이제부터는 이동에 신중을 기해야 하오."

아침 회의에서 녹턴 자작이 꺼낸 말이었다.

"현재 삼국 연합군은 각 국가별로 나뉘어 번갈아 기습을 해 오고 있소. 피해는 크지 않으나 주둔군의 피로가 상당하오."

"그 주제도 모르는 놈들이 우릴 공격해 올 수도 있다는 건가?"

오스트가 물었다. 마치 자기가 대장이라도 되는 듯한 말투.

엔지니어장인지라 말석에 위치해 있던 시안은 다른 귀족들의 눈치를 살짝 살폈다.

의외로 불만을 갖는 이는 없었다.

'하기야 크로고스 백작이 무서울 테니. 아니면 저들 모두가 백작의 심복이던가.'

녹턴 자작 역시 무표정을 유지했다.

"확률이 낮다고 보기는 어렵습니다. 오히려 높다고 봐

야지요. 놈들의 목표는 어디까지나 발굴 저지니까요."

"흥! 어리석은 것들이 죽을 곳을 찾아오는군."

"분명한 건 앞으로 방비를 철저히 해야 한다는 겁니다. 언제 어디서 적습이 올지 모릅니다."

'그리고 언제 어디서 암습이 있을지 모른다.'

시안은 스스로에게 중얼거리며 마음을 다잡았다.

녹턴 자작은 신중한 눈으로 좌중을 돌아봤다.

"이미 전장에 들어왔다고 생각하시오. 이번 발굴은 전쟁이나 다름없는 것. 실패는 곧 전쟁의 패배와 같다는 걸 명심하시오."

사흘 뒤 유적지에 도착할 수 있었다.

놀랍게도 그때까지 암습도 적습도 없었다.

암습이 없는 이유는 짐작이 갔다.

'아직은 내가 필요할 테지.'

최소한 시안의 이용 가치가 사라진 뒤에야 암습이 올 것이었다.

거대한 고대의 유적은 계곡 사이에 파묻혀 있었다. 오랜 시간 파묻혀 있다가 작년의 대지진 때 모습을 드러냈다고 했다.

콰아아아.

장쾌하게 흐르고 있는 물소리가 협곡 아래에서부터 들

려왔다.

"그럼 발굴 작업을 시작하시오."

녹턴 자작의 명령하에 타이탄들이 움직이기 시작했다.

스콜피온들이 작업을 전개했다. 솔저 급 타이탄 중에서도 특히 완력이 강해 이런 작업에 안성맞춤이었다.

옛 건물에 대한 예의는 없었다.

어차피 발굴할 물건이 튼튼한 고대 타이탄인 만큼 조심할 필요가 없었다.

쾅! 콰과광!

바위가 깨지는 소리가 연일 울렸다. 스콜피온들의 주먹질에 건물과 대지가 깨어져 나갔다.

특히 오스트가 심했다. 마치 전장의 장수라도 된 양 유적을 파헤치는데 타이탄 자체에 무리가 갈 정도로 막무가내로 날뛰었다.

"크하하! 이까짓 유적 따위야 단숨에 박살을 내 주지!"

웃음까지 터트리며 건물을 부순다. 난폭한 움직임에 다른 이들의 작업이 방해를 받았다.

'휴, 손 쓸 일이 많겠군.'

엔지니어인 시안 입장에선 한숨 나올 일이었다. 삼류 검사가 명검을 망치듯 저런 엉터리 라이더는 타이탄을 해치는 법이었다.

아마 오스트의 스콜피온은 얻어맞는 수준의 충격을 연

신 받고 있을 터였다.

엔지니어들의 일과는 밤에 시작됐다.

작업이 끝나고 타이탄들이 귀환하는 때가 저녁이었기 때문이다.

"부품도 넉넉하고 여러분의 실력도 출중하니 큰 문제는 없을 겁니다. 모두 노력해서 빠르게 끝냅시다."

시안은 짤막히만 말하고 작업에 바로 들어갔다.

오스트의 타이탄은 시안이 직접 맡았다. 마구잡이로 써먹은 만큼 손 갈 곳이 많았고, 그것이 시안의 마음을 붙들었다.

"드디어 다시 다루게 됐구나."

거의 한 달 넘어 겨우 만지게 된 타이탄이었다. 장비를 꺼내드는 시안의 몸이 짜릿했다.

작업에 막 들어가려던 순간이었다.

"흥. 뭘 그렇게 싱글거리고 있는 거냐."

스콜피온에서 내려서던 오스트가 시비를 걸었다. 아카데미를 떠나온 이래 처음 말을 거는 것이었다.

"그냥 기분 좋은 일이 생각나서 그랬습니다."

괜히 말을 섞기 싫어 대충 대답했다. 그런데 오스트는 자기 멋대로 그 뜻을 받아들였다.

"흥. 기분이 좋았을 테지! 아이넬, 그 빌어먹을 계집과

손잡고 나를 골탕 먹였으니!"

"……."

"록펠 기술부장도 한패였겠지? 아니, 어쩌면 아카데미 전체에 그년의 마수가 뻗었을지도 모를 일이지. 어디 대답해 봐라!"

시안은 한숨을 쉬었다. 이렇게 대놓고 적의를 드러내니 어이가 없었다.

'암습에 대해선 모른다는 건가? 아니면 내게 눈치를 이렇게 주고서도 암습에 성공할 수 있다는 건가?'

시안은 오스트의 몸을 보았다. 딱히 마나의 움직임은 느껴지지 않았다. 그저 눈살 찌푸려질 살기만 뿜어낼 뿐이었다.

"흥! 할 말이 없겠지."

시안의 태도에서 흥미를 잃은 오스트가 몸을 돌렸다.

"언젠가 너도 아이넬도 내 발아래 무릎 꿇릴 날이 있을 것이다!"

오스트는 독설을 퍼붓고서 멀어져 갔다.

그러나 시안은 그 뒷모습을 보며 오히려 안도감을 느낄 수 있었다.

'저 녀석만큼은 암습할 생각이 전혀 없다. 다행이야.'

삼국 연합군은 바로 이튿날부터 공격을 개시했다.

"놈들이 몰려옵니다!"

타이탄인 스콜피온들은 전투에 나서지 않았다. 대신 녹턴 자작을 비롯한 소드 익스퍼트들과 마법사들, 병사들이 요격에 나섰다.

이는 무척 현명한 대응이었다.

연합군의 유격대가 마나 폭탄을 지닌 기마병으로 이루어져 있었던 것이다.

'놈들의 목적은 어디까지나 타이탄의 파괴. 스콜피온의 느린 기동성을 노리기 위해 기마병을 편성했다. 녹턴 자작이 그걸 꿰뚫어봤구나.'

시안은 요격군을 구성하는 모습을 보며 감탄했다.

"나도 나가서 싸우겠다!"

오스트는 이번에도 끼어들어 설쳤다. 그것도 타이탄을 대동하겠다는 것이었다.

"도련님, 이 정도는 저희들만으로도 처리할 수 있습니다."

"내가 가담한다면 훨씬 간단히 해치울 수 있겠지. 걱정 마라, 녹턴 자작!"

녹턴 자작은 한숨을 억누르는 모습이었다.

"……알겠습니다. 타이탄에 탑승하십시오."

"하하하! 내 앞에 벌벌 떨 적군들의 모습이 눈에 선하군!"

오스트는 스콜피온에 탑승하러 달려갔다. 녹턴 자작은 그 뒷모습을 보며 고개를 젓다가 시안에게 향했다.

"괜찮겠나?"

짤막한 물음. 그러나 시안은 말뜻을 이해했다.

"전투 불능 수준의 파손만 아니라면 하루면 복구 가능합니다. 전투 불능 수준이어도 완전 파괴만 아니라면 일주일이면 살려 낼 수 있고요."

"대단하군."

"별것 아닙니다. 부품이 충분히 마련되어 있으니까요."

녹턴 자작의 눈에 이채가 어렸다. 감탄과 아쉬움, 안타까움이 어려 있는 눈빛이었다.

시안은 그 눈에서 많은 것을 읽을 수 있었다.

녹턴 자작은 무표정한 얼굴로 돌아섰다.

"알겠네. 잘 부탁함세."

전투는 녹턴 자작이 예측한 대로 흘렀다.

연합군의 기마병 유격대는 제국군 측의 대응에 당황한 눈치였다.

"제길, 녹턴 칠시오 녀석! 크로고스의 개답게 영악하기 그지없구나."

유격대장은 이를 뿌득 갈았다.

"할 수 없다! 눈앞의 한 기만이라도 노린다!"

"대장님, 놈들의 함정이 아닐까요?"

"그렇더라도 성과 없이 물러날 수는 없다!"

아이러니한 상황이었다.

자신들에게 패배를 준 철혈 백작의 아들이 타이탄에 올라 있었는데, 그걸 모르고 함정이 아닐까 의심하는 것이었다.

그러나 오스트가 집중 공격을 당하게 된 데엔 변함이 없었다.

전투는 서로에게 괴롭게 펼쳐졌다.

연합군은 당했다는 심정 속에 홀로 나온 타이탄이라도 어떻게든 노려 파괴하려 했다. 제국군은 백작 자제의 타이탄을 지키기 위해 분투했다.

그 사이에 낀 오스트는 특히나 개고생이었다.

두두두두두!

흙먼지를 날리며 내달리는 기마병의 기동력은 상당했다. 느린 편인 스콜피온으로선 쉽게 대응할 수 없었다.

"투척!"

유격대장의 외침에 마나 폭탄들이 허공을 날았다.

"방어하라!"

녹턴 자작이 소리치며 허공으로 뛰어올랐다. 소드 오러가 한껏 실린 칼날이 마나 폭탄들을 반으로 갈랐다.

그러나 모든 폭탄을 막을 순 없었다.

콰과과광!

폭발이 연달아 터지며 스콜피온을 타격했다. 육중한 거체가 기우뚱 자세를 잃었다.

"으으윽!"

오스트 베인의 비명 소리가 터졌다. 후방에서 지켜보던 시안은 뱃속이 시원해지는 느낌이었다.

기동력을 살려 물러났던 유격대는 다시 돌진해 와 마나 폭탄과 화살을 날렸다. 이번엔 타이탄뿐만이 아니라 마법사들도 노린 공격이었다. 녹턴 자작을 비롯한 검사들이 힘겹게 이를 방어했다.

전투는 지지부진하게 저녁까지 이어졌다.

결국 먼저 지친 유격대가 물러났다.

"후우."

녹턴 자작은 검을 땅에 짚고 한숨을 쉬었다. 서로의 피해는 크지 않았으나 피로도는 상당했다.

스콜피온은 더 움직이지 않고 있었다.

몇몇 병사들이 스콜피온의 흉부를 개방하고서 눈살을 찌푸렸다. 토사물 특유의 알싸한 냄새가 그들의 코를 찔렀다.

오스트는 자신이 토한 토사물 속에 기절한 채 쓰러져 있었다.

한 달여에 걸쳐 비슷한 공격이 계속되었다. 발굴단은 힘겹게 버티면서 작업을 계속해 갔다.

그러는 사이 제국군의 지원도 시작됐다.

"다섯 기의 드래곤 버스터, 두 기의 플레임 테이커가 전진 배치되오. 퇴각하는 우리 발굴단을 호위하는 역할을 맡을 것이오."

드래곤 버스터와 플레임 테이커(Flame taker) 모두 나이트 급을 대표하는 타이탄들.

특히나 드래곤 버스터는 두 차례의 사격만으로 연합군 10,000병력을 동강 내고 타이탄들에게 치명타를 입힌 전적을 지니고 있었다.

제국의 힘을 새삼 느낄 수 있는 배치였다.

귀족들 중 한 명이 물었다.

"퇴각이라 말씀하셨소, 녹턴 자작?"

"그렇소. 학자들은 유적의 대부분을 발굴했다고 단언했소."

그동안 고대 타이탄의 발견은 없었다. 그러기는커녕 흔한 보물들이나 마법 아티팩트조차 나타나지 않았다.

제국군으로선 괜한 삽질을 한 셈이었다.

'이제 끝인가.'

시안은 남몰래 입술을 깨물었다.

'이제부터가 정말 긴장할 때다.'

녹턴 자작은 계속 말을 이어 갔다.

"이에 맞서 연합군 측에서도 강력한 대응을 해 올 모양이오. 이미 네댓 기의 비숍 급 타이탄과 수십 기의 솔저 급 타이탄이 이곳으로 향했다는 얘기가 있소."

"흥. 연합군 놈들의 타이탄이라 해 봐야 우리군 드래곤 버스터에 작살이 났던 놈들 아니오?"

"크크크. 아직 포탄 맛을 충분히 못 본 모양이구려."

"하하하!"

귀족들이 비웃는 반응을 보였으나 녹턴 자작의 표정은 어두웠다.

"그렇게 웃고 있을 일은 아니오. 아무래도 라르드 펠로스 후작이 단단히 화난 모양이더군."

"응? 그게 무슨 말씀이시오?"

"모틸 왕국 측에서 헬카스트를 투입할 거란 간자의 보고가 있었소."

"뭣!"

"헬카스트를!"

묵직한 충격이 좌중을 휩쓸었다.

내내 흥미 없이 앉아 있던 시안조차 눈을 빛내며 귀를 기울였다.

펠로스 후작가의 수호신이자 모틸 왕국의 자랑, 엠퍼

러 급 타이탄인 헬카스트(Hellkast)의 명성은 대륙에 널리 퍼져 있었다.

가까이는 폭풍 전쟁에서부터 과거로는 지크발 내전에 까지, 수십 년 동안 형성된 헬카스트의 명성은 실로 엄청 났다.

"그, 그런 말도 안 되는 소리가……."

"모틸 놈들이 우릴 교란하려는 속임수 아니겠소?"

당황한 귀족들이 수군거렸다. 녹턴 자작은 손을 살짝 올려 그들을 진정시켰다.

"나 역시 교란의 가능성이 높다고 보오."

"그, 그럴 테지. 아무렴!"

"헬카스트를 투입하려 했다면 점령전 때 투입했을 것 이 아니겠소? 허허허."

귀족들은 흐르는 땀을 닦으며 애써 안정을 찾았다. 그 들의 얼굴에 다시 웃음이 찾아왔다.

그러나 녹턴 자작의 표정은 내내 어두웠다.

'과연 그럴까?'

사실 유적 쟁탈전엔 펠로스 후작가가 굳이 끼어들 이 유가 없었다. 연합군이 승리했더라도 유적 차지를 위해 세 국가의 알력 다툼이 생겼을 테니 말이다.

헬카스트를 선보이기엔 리스크가 너무 컸다.

그러나 지금은 다르다.

'도련님의 존재를 놈들이 알아챘을지도 모른다.'

발굴단엔 오스트 베인이 있다.

베인 백작가와 견원지간인 후작가에게는 헬카스트를 투입할 명분으로 충분하다!

'어쨌든 시간을 오래 끌어 좋을 게 없다. 어서 맡은바 임무를 마치고 수도로 돌아가야 한다.'

그의 눈이 차갑게 빛났다.

적습은 바로 그날, 한밤중에 시작되었다.

콰과과과광!

거대한 폭염이 치솟았다. 경비를 서고 있던 병사들이 목청껏 소리를 질렀다.

"적습이다!"

"포격이다! 적의 포격이다!"

시안은 눈을 떴다. 사실 긴장감에 한숨도 잠들지 못했던 차였다.

'포격이라고?'

머릿속에 벼락처럼 정보가 스쳐 갔다.

'연합군의 포격이라면…… 그 타이탄일 확률이 높다.'

연합군 삼국 중 하나인 테일란 왕국의 솔저 급 타이탄 샤프 슈터(Sharp shooter)!

'사정거리는 드래곤 버스터에 못 미치나 정확도는 한

수 위!'

작은 규모의 기지를 초토화시키는 데에 이만한 타이탄
도 없었다. 계속 이곳에 있으면 위험할 거란 생각이 들었
다.

'지금 이곳을 빠져 나가자!'

지금이야말로 발굴단을 벗어날 때란 생각이 들었다.

시안은 정비 도구를 챙긴 뒤 천막 밖으로 나왔다.

콰과과광!

피리리리릭—!

사방에서 불길이 치솟고 있었다. 멀리서 포탄이 날아
오는 소리가 마구 울렸다. 아무래도 연합군의 움직임이
녹턴 자작의 정보보다 빨랐던 모양이었다.

"시안!"

시안을 부르며 다가오는 이는 녹턴 자작이었다.

"자작님?"

"따라오게! 이곳을 빠져 나가세!"

녹턴 자작의 얼굴은 다급해 보였다. 정녕으로 시안을
걱정하는, 표정만으론 속을 짐작할 수 없는 얼굴이었다.

그러나 그가 내뻗은 오른손을 본 순간 시안은 굳었다.

마나가 오른팔 위를 흐르고 있었다.

칼리드 덕에 갖가지 전투 동작에 따르는 마나의 흐름
을 익혔었다. 그 경험이 지금 시안에게 경고를 보내고 있

었다.

'저 손을 붙드는 순간 베인다!'

절체절명의 순간, 시안의 얼굴은 오히려 침착해졌다.

"별것 아니라고 생각했습니까?"

"……뭐?"

"제대로 단련하지도 않은 타이탄 엔지니어, 그것도 어린 애송이를 해치우는 일쯤은 간단하다고 생각했습니까? 그래서 후퇴해야 할 지금 재빨리 해치우고 가려고 했습니까?"

녹턴 자작의 눈동자가 흔들렸다.

시안은 그 틈을 놓치지 않았다.

"큭!"

시안이 왼편으로 내달린 순간 녹턴 자작이 이를 악물었다. 설마 모든 것을 꿰고 있을 줄은 생각도 못 했다.

차릉!

재빠르게 칼집에서 뽑혀 나온 검이 오러를 흩뿌렸다.

눈으로 잡는 것조차 어려울 빠르기!

그러나 이미 회피에 나선 시안은 어렵지 않게 피할 수 있었다.

"거기 서라!"

녹턴 자작은 냅다 달리는 시안을 쫓으려 했다. 그러나 그 순간 그와 시안의 사이로 샤프 슈터의 포환이 떨어졌다.

쾅광!

"크윽!"

녹턴 자작은 화끈한 열기에 뒤로 물러났다.

그사이 시안은 저 멀리 달려 나가고 있었다.

"제기랄!"

그의 얼굴이 일그러졌다.

시안이 예상한 대로였다. 녹턴 자작도 설마 연합군의 공격이 이토록 빠를지는 몰랐다.

포격이 시작된 순간 위험하다고 느꼈다. 포격의 규모를 본 순간 승산이 없다는 걸 깨달았다.

후퇴해야 했다.

그러나 그 전에 비밀 임무를 마쳐야겠다고 생각했다. 이런 상황이라면 시안의 죽음을 위장하기도 편했다.

그러나 시안이 설마 모든 걸 꿰고 있었을 줄이야!

"자작님!"

스콜피온에 탑승한 수하 귀족들이 나타났다. 그들은 오스트 베인을 호위하고 있었다.

"후퇴하셔야 합니다, 자작님!"

"연합군 놈들이 이미 이 근방에 쫙 깔렸습니다!"

"지금 빠져나가지 않으면 활로를 뚫기조차 어려워집니다."

그들의 말이 옳았다. 지금은 뒤도 돌아보지 않고 후퇴해야 할 때였다.

'그러나……!'

크로고스 베인, 철혈 백작이 자신을 신뢰하여 내린 명령이었다. 크로고스 백작을 신으로 받드는 녹턴 자작으로선 이를 달성해야만 했다.

녹턴 자작이 수하들을 돌아보며 명령했다.

"너희는 도련님을 모시고 먼저 빠져나가라! 스콜피온 한 기는 남겨 놓도록! 나는 볼일을 마친 후 따라가겠다!"

"자작님!"

"어서! 이대로 있다간 통구이가 된다!"

귀족들은 더 뭐라 못 하고 명령을 따랐다.

곧장 스콜피온에 탑승한 녹턴 자작은 시안의 뒤를 쫓았다.

Chapter 7

드라칸, 눈 뜨다

"헉헉······."

시안은 힘껏 내달리고 있었다. 사방으로 떨어져 폭발
하는 포탄의 여파로 몇 차례 넘어졌으나 지치지 않고 달
렸다.

복부에 뜨거움이 가득 차올랐다. 반대로 머릿속은 차
가워졌다. 이상하게도 피로가 거의 느껴지지 않았다.

'마나 연공법의 효능인가?'

"으아악!"

"도망쳐라!"

사방에서 비명과 고함 소리가 들렸다. 온몸이 불에 휩
싸인 병사나 다리를 잃고 쓰러진 엔지니어 등의 모습이

지나갔다.

"헉헉……."

어느 순간 포화가 사라졌다. 그리고 말발굽 소리가 들려오기 시작했다.

두두두두!

말 달리는 소리가 폭발음 대신 사방에서 울렸다. 기마병들은 한껏 고무되어 발굴단 기지를 유린했다. 지금껏 발굴단을 견제해 오던 이들이었다.

서로가 서로에 질렸던 게 사실. 기마병들은 신이 난 얼굴로 제국군을 유린했다.

그중 몇몇이 시안을 발견했다.

"크크. 아직 살아 있는 놈이 있었군."

"누가 먼저 해치우나 내기하자!"

"이긴 놈에게 십 골드 몰아주는 거다!"

기마병들이 농담 따먹기를 하며 시안을 향해 말을 달렸다.

두두두두!

가까워지는 발굽 소리에 시안은 긴장했다. 무작정 달려선 저들을 따돌릴 수 없으리란 생각이 들었다.

'맞서야 한다!'

우선은 바닥에 떨어진 롱 소드를 주웠다.

진검의 섬뜩한 감촉이 소름이 돋았으나 살기 위해 마

음을 다잡았다.

몸을 돌리니 기마병들이 정면에서 돌진해 오고 있었다.

"크크크! 얌전히 죽어라!"

가장 먼저 달려온 기마병이 창을 치켜들었다.

시안은 침착하게 그 모습을 눈에 담았다.

'마나의 흐름은 없다. 마나 유저가 아니다. 지금의 나라면 충분히 상대할 수 있어!'

스스로에게 소리치며 걸음을 내디뎠다. 기병 돌진을 눈앞에 둔 이상 어설프게 피하려 해 봐야 소용없었다.

머릿속에서 칼리드의 목소리가 울렸다.

'창은 일점에 공격을 집중하는 만큼 사각도 크다!'

쐐애액!

말의 돌진 속도와 시안이 달려 나간 속도가 더해져 창이 쇄도해 오는 속도는 실로 엄청났다.

그러나 시안은 멈추거나 속도를 늦추지 않았다.

'최소한의 움직임으로 회피!'

목젖을 노리고 날아든 창날.

핏.

고개를 움직여 겨우 스쳐 보낼 수 있었다.

살갗이 찢기며 피가 흘렀지만 치명상은 아니었다.

덕분에 작은 생채기와 맞바꿔 큰 틈을 얻었다.

의외의 상황에 기마병이 얼굴이 일그러졌다.

"뭐, 뭣……!"

시안은 힘껏 도약했다.

기겁하는 기마병의 모가지에 칼날을 박아 넣었다.

"커억!"

기마병이 피거품을 쏟으며 쓰러졌다. 다른 기마병들은 예상치 못한 상황에 딱딱하게 굳었다.

시안은 진저리를 치면서도 말에 올랐다.

'살아남는다!'

그 일념으로 말고삐를 꾹 쥐었다.

말을 달려 기마병들에게서 도망쳤다.

"저, 저놈!"

"쫓아라!"

겨우 정신을 차린 기마병들이 말을 달리려 했다. 그 순간 그들의 머리 위로 거대한 그림자가 드리웠다.

"뭐야?"

콰지익!

스콜피온의 육중한 발이 말과 병사를 한데 짓밟아 버렸다. 기겁하여 도망치려던 다른 병사들은 3미터 너비의 도끼에 토막 나고 말았다.

"빌어먹을 놈들. 도망치는 녀석에게 말을 제공하다니."

스콜피온의 라이더, 녹턴 자작은 씹어 뱉듯 중얼거리고는 시안을 쫓아 달렸다.

쿵쿵쿵쿵!

앞서 달리던 시안 역시 땅이 울리는 걸 느꼈다. 살짝 뒤를 돌아보니 거대한 스콜피온의 거체가 쫓아오는 것이 보였다.

그게 누구인지는 생각할 것도 없었다.

"녹턴 자작!"

아무래도 쉽게 도망칠 수는 없을 듯했다. 게다가 타이탄에 탑승한 만큼 속도로 따돌리는 것도 어려웠다.

'미리 타이탄들에 조작을 가해 뒀어야 했어!'

뒤늦게 후회가 들었지만 이제 와 어쩔 수도 없었다.

'결국 그곳으로 도망칠 수밖에.'

시안은 말을 독려했다.

그가 달려가는 방향은 절벽이 있는 쪽이었다.

최악의 경우를 상정해 뛰어내릴 만한 곳을 찾아 뒀었다.

비교적 암초가 적고 물이 깊으며 흐름이 약한 곳을!

시안의 생각을 읽은 녹턴 자작이 이를 악물었다.

"그렇게는 안 된다!"

그가 달리는 와중에 도끼를 집어 던졌다. 수백 킬로그램에 달하는 육중한 도끼가 허공을 날았다.

콰아앙!

도끼는 시안의 바로 옆에 꽂혔다. 그 충격에 말과 시안이 한데 쓰러졌다.

"으윽!"

말 몸통에 깔린 다리에서 통증이 느껴졌다. 아무래도 발목을 접질린 모양이었다.

시안은 힘겹게 몸을 일으켰다.

그나마 다행한 건 절벽이 눈앞이란 것이었다.

"멈춰라, 시안! 지금 멈추면 목숨만은 살려 주겠다!"

녹턴 자작이 소리쳤지만 그걸 믿을 시안이 아니었다.

아픈 발을 질질 끌면서도 절벽 끝으로 향했다.

그리고 허공을 향해 몸을 날렸다.

"제기랄!"

간발의 차로 시안을 놓친 녹턴 자작이 분통을 터트렸다. 실망할 크로고스 백작의 모습이 눈에 떠오르니 좌절감과 분노가 엄습했다.

"이걸로 끝이란 생각은 말아라! 다시 돌아와 너를 찾을 것이다! 죽었다면 시체라도 찾아 돌아가고 말겠다!"

독설을 터트린 녹턴 자작은 이내 몸을 돌렸다.

풍덩!

급류 속으로 빠진 순간 찌르르한 느낌이 시안의 몸을 훑었다.

수십 미터의 낙하. 그로 인한 충격은 정신을 앗아 갈 정도였다. 그러나 기절할 순 없었다. 기절하는 순간 바로 죽음이었다.

정신을 차렸다.

마나 연공법의 감각을 머릿속에 떠올렸다. 복부에 온기가 돌며 머리가 맑아지는 느낌이 들었다. 본능적으로 체내의 마나가 활성화된 것이었다.

급류 속에서 손을 허우적거렸다.

어렵사리 바위를 붙들 수 있었다.

"푸핫!"

겨우 바위 위로 올랐다. 잠시 주변을 둘러본 다음 평지가 있는 곳을 찾았다.

그러던 차에 동굴이 있는 것을 발견했다.

"저곳은?"

동굴이라기보다는 갈라진 틈이란 표현이 나아 보였다. 그래도 몸을 누일 공간으론 충분한 듯했다.

일단 그곳으로 헤엄쳐 갔다.

몸을 눕히고 나서야 숨을 고를 수 있었다.

"후우……."

온몸이 만신창이였다. 발목의 통증과 더불어 피로와 추위가 온 몸을 감쌌다.

남아 있는 몇몇 문제들도 머릿속을 괴롭혔다.

"살긴 살았다만, 이젠 여길 빠져나가는 게 문제로군."

절벽의 높이는 상당했다.

오르는 게 거의 불가능해 보였다. 그런 만큼 급류를 따라가거나 다른 길을 찾아야 했다.

그것도 가능한 빨리.

식량도 없고 치료 수단도 없다. 시간을 끌수록 체력이 저하되어 갈 터였다.

시안은 일단 쉬기로 했다. 잠시라도 잠을 자야 상처와 피로를 회복할 수 있을 것 같았다.

콸콸콸콸!

물소리에 귀가 따가울 지경이었는데도 이상하게 깊이 잠들 수 있었다.

거의 한나절을 죽은 듯이 잤다.

새벽녘에 잠들었는데 깨었을 땐 다시 해가 지고 있었다.

깨어나고 나니 피로는 온데간데없었다. 발목의 상처는 시큰거렸지만 못 견딜 정도는 아니었다. 아무래도 활성화된 마나 덕분에 회복도 빨랐던 듯싶었다.

"이제부턴 이곳을 빠져나갈 길을 찾아야겠지?"

시안은 일단 조금 더 기다리기로 했다. 균열 밖으로 나가 움직이려면 아주 해가 지고 난 다음이 나을 것 같았다.

그때였다.

"응?"

무심코 균열의 내부를 본 시안은 눈을 의심했다.

빛이 보였던 것이다.

"뭐지?"

조금 생각하다 이곳이 유적 하층부쯤 되리란 걸 떠올렸다. 물론 그렇다고 해서 의문이 사라진 건 아니었다.

듣기로는 이 정도 깊이까지 발굴하진 않았었다.

중도에 거의 뚫고 들어갈 수 없는 수준의 지반이 있었던 까닭이다.

워낙 단단한 지반인지라 솔저 급 타이탄인 스콜피온으로선 뚫고 가는 게 불가능했다. 게다가 이미 팔 만큼 파고들어 간 뒤였다.

결국 이 깊이까지 발굴 작업이 진행되진 않았단 소리.

그런데 빛이 보이니 기이할 수밖에.

"설마……."

시안은 어느새 일어나 있었다.

자기도 모르게 발걸음이 떨어졌다.

균열의 안으로 몸을 끌고 들어갔다.

유적이 드러나게 된 원인인 지진. 아무래도 이 균열 역시 그로 인해 생겨난 것인 듯했다. 유적을 만든 이나 발굴단 측이나 예상하지 못했을 일이었다.

시안은 이끌리듯 안으로 깊이 들어갔다.

균열의 끝엔 거대한 공동이 있었다.

"아……."

자기도 모르게 감탄이 흘러나왔다.

시안이 들어선 곳은 실로 타이탄 엔지니어들의 천국이라 불릴 만한 곳이었다.

천장의 야명석 아래, 수많은 기기와 장비들이 그곳에 있었다. 아카데미의 최첨단 장비들을 보았던 시안으로서도 처음 보는 것들이었다.

분명했다. 고대의 마법사가 아니고선 다룰 수도 없을 기기들.

"대마도시대……."

꿈결 같은 목소리가 흘러나왔다. 온몸이 가벼운 전율에 휩싸여 부르르 떨렸다.

아무래도 유적에 따로 딸렸던 지하실인 듯했다. 야명석이 마련된 것으로 보아선 원래부터 빛이 들지 않는 곳으로 보였다.

사방을 둘러본 시안의 시선이 마침내 한곳으로 향했

다.

"아!"

야명석이 있다고 해도 공동 안은 그다지 밝지 않았다. 특히나 야명석이 없는 곳은 칠흑처럼 어두웠다.

그 가운데, 주변을 두른 어둠보다도 더욱 검은 무언가가 있었다.

엔지니어인 시안의 가슴을 쿵쾅거리게 하는 존재가.

10미터의 높이.

어둠 속인지라 형체만 간략히 보일 정도였다.

그러나 보석 같은 빛을 뿜고 있는 두 눈이 시안을 붙들었다.

"타이탄⋯⋯."

시안은 홀린 듯 다가섰다. 가까이 가니 형체와 윤곽이 보다 뚜렷하게 잡혔다.

'강한 것은 아름답다!'

대륙 최고의 엔지니어 로스반이 한 말이었다. 그리고 지금 시안은 그 말의 의미를 여실히 깨닫고 있었다.

눈앞의 타이탄엔 군더더기가 없었다. 형태나 모양새가 철저하게 합리성을 추구하고 있었다. 창조자가 과연 인간인 것인지 의심될 정도였다.

"이게 바로 고대의 타이탄이란 건가?"

무심코 중얼거린 시안은 자신의 말에 깜짝 놀랐다. 그

리고 다시 홀린 듯 타이탄을 올려다봤다.

"에인션트 급…… 타이탄."

대륙에 고작 7기만이 존재하는, 모든 엔지니어의 목표이자 동경의 대상!

그런 존재가 지금 눈앞에 있었다.

한참을 홀린 듯 있던 시안은 고개를 저었다.

언제까지고 감탄만 하고 있을 순 없었다.

"정신 차려라, 시안. 넌 지금 쫓기고 있다. 당장의 추격은 피했지만…… 저들은 결코 포기하지 않을 거다."

절벽에서 떨어지던 순간 녹턴 자작이 외치는 소리는 경황이 없는 중에도 똑똑히 들었다.

그는 포기하지 않을 것이다. 그리고 크로고스 백작 역시.

그럴 거란 확신이 시안을 강하게 붙들었다.

그러나 죽을 순 없다.

하물며 이런 상황이라면!

"마침내 네 꿈에 다가선 거다. 모든 타이탄의 궁극에 위치한 에인션트 급 타이탄이야. 그게 지금 네 앞에 있는 거다."

시안은 스스로에게 중얼거리면서도 타이탄에서 눈을 떼지 못했다.

마치 무저갱으로 발을 내딛은 것 같았다. 멀리서 희미

한 물소리만이 들려오고 있었음에도 시안은 목소리를 들었다는 착각을 느꼈다.

타이탄이 다가오라고 말하는 듯했다.

주춤거리며 다가갔다.

자기도 모르게 타이탄의 무릎께에 손을 얹었다.

찌르르!

"......!"

시안은 놀라 손을 뗐다. 분명 천여 년을 이곳에 갇혀 있었을 것이건만, 타이탄의 전신에는 강력한 마나가 흐르고 있었다.

그뿐만이 아니다.

타이탄의 의지가 시안의 머릿속을 강렬히 파고들었다.

"영혼기병......."

시안은 타이탄의 또 다른 이름을 중얼거렸다.

아카데미의 엔지니어들은 시안을 보고 타이탄과 대화하는 것 같다고 했었다.

그러나 그건 어디까지나 비유일 뿐, 시안 본인은 한 번도 타이탄과 대화한다고 생각한 적이 없었다.

그저 타이탄의 상태를 좀 더 정확히 알 수 있을 뿐이었다.

그러나 지금은, 마치 타이탄이 말을 걸어오는 것만 같았다.

"저 바깥으로 나가고 싶다고…… 그렇게 말한 거야?"

시안이 중얼거렸다.

어떠한 목소리도 없었다. 그러나 시안은 대답을 들었음을 느꼈다. 일정하게 흐르던 마나의 파장이 한층 거세졌던 것이다.

태어난 이래 천 년을 이곳에서 썩었다.

타이탄은 지금 마음껏 활개 치고 싶어 하고 있었다.

"나와 함께?"

마나의 흐름이 더욱 강렬해졌다. 마치 세차게 고개를 끄덕이는 것 같았다.

시안은 한 걸음 물러났다.

그제야 타이탄의 전방 20미터쯤 되는 곳에 마법진이 있음을 깨달았다.

'에인션트 급 타이탄은 탑승을 위해 흉부를 개방하지 않는다. 탑승자는 고차원의 공간 이동 마법을 통해 제어석으로 이동된다.'

오래전 책에서 읽었던 내용이 머릿속을 스쳐 갔다.

'고대의 타이탄은 주인을 선택한다. 인정받지 않은 존재는 탑승할 수 없다. 타이탄의 인정을 받은 자는 그 이름을 부름으로써 타이탄에 오를 수 있다.'

시안은 마법진을 향해 걸었다. 가까이 가서야 그것이 피로 그려졌음을 알 수 있었다.

아마도 천 년 전에 그려졌을 터.

천 년 전의 피가 지금까지 남아 있는 것이다.

시안은 무의식적으로 마법진에 손을 가져갔다.

순간, 피로 쓰인 글씨가 살아 있는 것처럼 위로 떠올랐다.

차르르륵!

마법진을 구성하던 문장이 시안의 오른팔에 휘감겼다. 시안은 내심 놀랐으나 손을 떼지는 않았다.

마법진은 문신의 형상으로 시안의 팔에 남았다.

그리고 수많은 정보들이 머릿속으로 흘러 들어오는 것이었다.

찬란한 대마도시대의 문명. 대마법사 아크레우스. 그 외의 수많은 마법사들과 그들이 창조해 낸 타이탄들. 그들 사이에서 벌어지고 만 전쟁.

그리고 대마도시대의 최후와 이 타이탄의 이름까지.

"……!"

강렬한 방전이 시안을 중심으로 일어났다. 붉은빛의 뇌전이 시안의 몸을 둘렀다.

파지지지직!

그 순간 시안은 선택받았다.

타이탄의 이름이 뇌리처럼 머릿속을 스쳤다.

시안은 조심스럽게 그 이름을 외쳤다.

"……드라칸(Drakan)!"

✤ ✤ ✤ ✤ ✤

펠로스 후작가의 타이탄들이 포위망을 구축하고 있었다. 겨우 기지를 벗어난 이들은 촘촘한 포위망에 맞서 분투를 펼쳤다.

녹턴 자작은 조금 늦게 합류했다.

그리고 눈부신 분투로 혈로를 뚫었다.

모두가 녹턴 자작의 무예에 감탄했으나 정작 본인은 시안을 놓쳤다는 죄책감에 머릿속이 복잡했다.

후작가의 타이탄 부대는 패잔병들을 뒤쫓았다. 패잔병 가운데 제국 백작가의 후계자가 있었던 만큼 추격은 거세고 끈질겼다.

그러나 다행히도 제국군의 지원 병력이 나타났다.

크로고스 백작이 직접 끌고 온 것이었다.

펠로스 후작가의 타이탄들은 아쉬움을 삼키고 물러났다.

"죄송합니다, 백작님!"

녹턴 자작이 땅에 내려서자마자 한 말이었다.

그의 스콜피온은 한 팔이 잘려 없어지고 전신에 구멍

이 난 흉흉한 모습이었다.

크로고스 백작이 나직이 물었다.

"임무 결과를 보고하라."

"유적은 기저 지반이 나올 때까지 파고들어 갔으나 아무것도 발견되지 않았습니다. 또 다른 임무는…… 목표가 절벽 너머로 몸을 던졌습니다."

녹턴 자작은 더 말을 잇지 못했다.

정말 어쩔 수 없었던 상황이었다. 기가 막히기도 했다. 하필이면 시안을 죽이기로 작정한 날에 습격이 있었으니 말이다.

'습격이 하루만 늦었더라도…….'

그러나 이제와선 다 변명일 뿐. 녹턴 자작은 백작을 실망시켰다는 생각에 어쩔 줄을 몰랐다.

크로고스 백작은 의아한 얼굴이었다.

"절벽 너머로 몸을 던졌다?"

"예. 미리 처리하려 했으나 연합군의 공습이 예상보다 빨랐던지라……."

"생사는 확인하지 못했겠군."

"그렇습니다. 드릴 말씀이 없습니다."

크로고스 백작이 지나가는 투로 물었다.

"놈의 인상은 어떠했나?"

"영악한 놈이었습니다. 제 생각을 완전히 꿰고 있었습

니다."

"그럼 살아 있을 확률이 높겠군."

"아마도……."

크로고스 백작은 나직이 고개를 끄덕였다.

"알겠다. 이제부턴 내가 지휘를 맡겠다. 제일 기갑 부대의 통솔권을 인계받고 나를 따르도록."

"감사합니다, 백작님."

녹턴 자작은 시무룩한 얼굴로 물러났다.

뒤이어 목숨을 건진 귀족들이 오스트와 함께 나타났다.

오스트는 잔뜩 겁에 질린 얼굴이었다.

기마병들에게 당해 토사물을 게워 낸 일은 불문에 붙였다. 그래도 천하의 크로고스 백작이었다. 당사자들이 쉬쉬한 일마저 꿰고 있을지도 몰랐다.

다행히 크로고스 백작은 별말을 하지 않았다.

"수고했다, 오스트. 너는 수도로 돌아가 쉬어라."

"아, 알겠습니다. 감사합니다, 아버지."

황망히 물러나려던 오스트.

그때 크로고스 백작이 질문을 던졌다.

"오스트."

"왜 그러십니까, 아버지?"

"시안을 보았겠지?"

"예? 시안이라면…… 그 엔지니어 놈 말씀입니까?"

"그래. 그놈의 인상이 어떠했느냐."

오스트는 얼떨떨한 표정이었다. 왜 갑자기 여기서 놈의 이름이 나온단 말인가?

그러나 아버지의 물음이다. 대답하지 않을 수 없었다.

"그냥…… 멍청한 놈이었습니다."

"멍청하다?"

"예. 대백작가의 분노가 자신에게 향한 줄도 모르는 것 같더군요. 제가 눈앞에서 엄포를 놓으니 겁을 먹어 아무 말도 못 하더군요."

오스트는 자랑스러운 듯 말을 이었다. 마치 백작에게 칭찬이라도 해 달라는 듯한 태도였다.

크로고스 백작의 얼굴은 오히려 일그러졌다.

"가라."

"예?"

"어서 꺼져라! 내 눈앞에 계속 있다간 네놈을 베어 버릴 것 같으니!"

겁에 질린 오스트는 귀족들과 함께 황급히 물러났다.

크로고스 백작은 아들의 뒷모습을 노려보며 이를 갈았다. 정녕 녹턴 자작과 자신이 말했던 '목표'가 누구였는지 모른단 말인가?

속에서 열불이 부글부글 끓었다.

크로고스 백작은 그 분노를 연합군에게로 돌렸다.

"라르드 펠로스. 내 아들을 포로로 잡을 생각이었겠지. 그러나 이젠 늦었다. 우선은 네놈의 버릇부터 고쳐 준 뒤 그 엔지니어 놈을 해치우겠다."

크로고스 백작이 끌고 온 병력은 타이탄만 물경 100기에 이르렀다. 그중 80기가 솔저 급이고 15기의 나이트 급과 4기의 비숍 급이 존재했다.

그리고 나머지 한 기는 바로…….

"로열 팬텀이 동원됐다고?"

녹턴 자작의 목소리는 비명에 가까웠다.

제1 기갑 부대장인 레올 남작은 고개를 끄덕였다.

"그렇습니다. 백작님께서 직접 로열 팬텀을 이끌고 오셨습니다."

"그렇다면 라르드 후작의 헬카스트가 움직일 수도 있다는 게……."

"예, 사실로 확인되었습니다."

녹턴 자작은 이를 꾹 다물었다.

정황대로라면 지금 이곳에서 엠퍼러 급 타이탄들이 격돌한다는 것이다.

한 대만 투입되어도 전쟁의 향방을 바꿀 수 있는 존재가 양측에 하나씩이다. 그로 인한 파괴와 영향력이란 어느 정도일 것인가.

'이 전쟁은 역사에 남을 것이다!'

녹턴 자작은 마음속으로 확신했다.

'그리고 승리하는 것은 제국이 될 테지. 크로고스 백작님께서 우리에게 승리를 선사할 것이다.'

헬카스트의 위명이야 잘 알고 있었다. 사실 같은 엠퍼러 급임에도 헬카스트가 로열 팬텀보다는 한 수 위라는 게 타이탄 학계의 정설이었다.

그러나 그거야 학자 나부랭이들의 생각일 뿐.

타이탄 간 전투의 절반은 라이더에게 있다. 라이더의 실력은 타이탄 자체의 성능을 뛰어넘는다.

그리고 녹턴 자작이 아는 크로고스 백작은 제국 최강의 검사이기도 했다.

'라르드 펠로스 후작도 제법 뛰어난 편이지만 백작님의 상대는 될 수 없다!'

녹턴 자작이 보는 두 타이탄의 대결은 크로고스 백작측의 우세였다.

'백작님께선 이 기회에 라르드 후작의 콧대를 완전히 꺾어 버리실 테지. 그리고 제국군은 연합군을 무참히 밟아 버릴 것이다.'

녹턴 자작의 생각엔 한 치의 흔들림도 없었다.

완벽하게 틀려 버린 생각이.

✤ ✤ ✤ ✤ ✤

제국군에 맞서는 연합군 측 병력 구성은 한층 더했다.

물경 150에 이르는 타이탄 부대!

그것도 정예로만 이루어져 있었다.

웨건 급 타이탄이 20기, 솔저 급 타이탄이 100기, 나이트 급과 비숍 급 타이탄이 각각 20, 9기였다.

그리고 헬카스트가 있었다.

삼국의 실세인 라르드 후작이 나선 만큼 병력 규모는 일차 전쟁 때에 비하여 훨씬 컸다.

게다가 연합군으로선 이게 설욕전인 셈이다.

준비를 보다 철저히 하는 것도 당연했다.

"원래는 크로고스 녀석의 아들놈을 붙잡아 골탕 좀 먹여 주려 했지만 이젠 어찌 되든 상관없다."

60대의 라르드 펠로스 후작은 어떻게 봐도 30대 이상으론 안 보였다. 이미 소드 마스터의 경지에 오른 만큼 나이는 더 이상 그에게 영향을 줄 수 없었다.

검의 궁극은 곧 마도의 궁극과도 통한다.

마스터의 경지에 이른 이들은 시간의 영향을 벗어날 수 있었다. 마음만 먹으면 외관 역시 뜻대로 바꿀 수 있을 정도다.

라르드 후작은 젊은 모습으로 보이는 것을 좋아했다. 나이에 걸맞은 중년의 모습을 고수하는 크로고스 백작과는 달랐다.

라르드 후작은 수하들을 돌아봤다.

연합군의 막사 안. 세 국가의 귀족들이 그의 입에 집중하고 있었다.

"그나저나 제국 놈들은 유적에서 아무것도 발견하지 못했다고?"

"그렇습니다, 사령관님."

연합군을 직접 이끌고 온 만큼 라르드 후작은 사령관으로 지칭되고 있었다.

수하가 말을 이었다.

"대략 유적의 밑바닥 부근까지 파고들어 간 모양입니다. 그러나 수확은 없었고, 단단한 지반에 막혀 작업 자체도 중지되었습니다."

"그 바닥 아래에 무언가 있을 확률은?"

"그다지 높진 않습니다. 이미 유적의 맨 아래층까지 파고 내려간 모양이니까요."

"흐음."

라르드 후작은 가볍게 고개를 끄덕였다. 그리고 유적에 대한 그의 관심은 거기까지였다.

"이젠 제국 놈들을 어떻게 박살 내 줄지를 생각할 때

로군. 좋은 생각이 있나?"

귀족 한 명이 의견을 제시했다.

"웨건 급 타이탄과 기병의 기동력을 살리는 게 어떻겠습니까? 이번 발굴단 공습과 견제에도 기병들이 큰 활약을 했습니다."

"하지만 상대는 천하의 크로고스 백작입니다. 유격 공격에 대한 대비는 충분히 되어 있을 겁니다."

"그렇다면 오히려 회전으로 몰고 가는 편이 어떨지요?"

갖가지 의견이 쏟아져 나왔다.

한참의 의견 조율이 있은 후, 라르드 후작이 결정을 내렸다.

"우선은 놈들과 정면으로 붙는다. 이참에 크로고스 녀석과 결판을 내는 것도 좋겠지!"

"후작님의 뜻을 따르겠습니다!"

귀족들이 한입으로 외쳤다.

전장과 군세가 자연스럽게 형성되었다.

파르마 접경 지역 유적을 중심으로 두 군대가 동서로 나뉘었다.

서쪽을 연합군이 차지하고 동쪽을 제국군이 차지했다. 그런 채로 서로를 향해 으르렁거리는 형세가 이루어졌다.

하루가 채 되지 않는 시간 동안 이루어진 일이었다.

소규모의 전투만이 이곳저곳에서 벌어졌다. 몇 기의 포격용 타이탄들이 포화를 쏘아 상대방을 견제했다.

파손된 타이탄이 생기긴 했으나 큰 피해는 서로 없었다.

'오늘은 엄포를 놓는 것일 뿐.'

'진짜는 내일이다.'

저물어 가는 해를 보며 양군의 병사들과 라이더들은 생각했다. 마치 약속이나 한 듯 두 군대는 견제 이상의 행동을 하지 않았다.

"라르드 녀석과 마음이 통했군."

크로고스 백작은 비웃는 어조로 중얼거렸다.

라르드 후작과 마찬가지로 그 역시 회전을 결심한 상태였다.

"오랜 옛날부터 백작님께 대항하길 좋아했었지요. 과연 아무리 시간이 지나도 사람이 변하진 않는군요."

녹턴 자작의 말에 크로고스 백작은 피식 웃었다.

"마치 옆에서 본 것인 양 말을 하는군."

"수많은 기록을 통해 두 분의 이야기를 알고 있습니다. 아마 검과 타이탄을 가까이 하는 이들이라면 누구나 알 것입니다."

크로고스 백작과 라르드 후작.

로열 팬텀과 헬카스트.

이들의 라이벌 구도야말로 수많은 사내들의 가슴을 들끓게 하는 것이었다.

지금까지는 7번 싸워 모두 무승부.

예상 못 한 변수나 시간의 부족 등의 이유로 번번이 결판을 낼 수가 없었다.

'그러나 그것도 내일이면 끝이겠지.'

제국이나 연합군이나 당장 쓸 수 있는 정예 병력을 끌고 왔다. 당분간은 서로가 방해받지 않고 원 없이 싸울수 있었다.

"이 시기가 지나면 겨울이 온다. 그 전에 끝장을 내도록 하지."

크로고스 백작의 말을 들으며 녹턴 자작은 주먹을 꾹쥐었다.

"라르드 후작은 꽁무니 빠지게 도망가게 되겠지요."

"음."

정면, 멀리 도열한 연합군 타이탄들을 보던 크로고스 백작은 몸을 돌렸다.

그때였다.

"응?"

크로고스 백작이 문득 이상을 눈치챈 듯 고개를 돌렸

다. 녹턴 자작이 의아한 얼굴로 그에게 물었다.

"무슨 일이십니까, 백작님?"

"아니, 아무것도 아니다."

유적 쪽을 바라보던 크로고스 백작이 시선을 거두었
다.

"뭔가 이상한 진동을 느낀 것 같았는데, 아무래도 내
오판인 것 같군."

"지난번 지진의 여진이 아니겠습니까? 이곳이 지진이
잦은 지역은 아니라는데 지난 지진의 규모는 이상할 정
도로 크다는 얘길 들었습니다."

"그럴지도 모르겠군. 어쨌든 돌아가지."

두 사람은 진지를 향해 걸음을 옮겼다.

같은 시각 수백 미터 밑의 지하에서,

드라칸이 눈을 떴다.

Chapter 8

대탈주

기이이잉……!

천 년 만에 마나 엔진이 회전하기 시작했다.

강렬하게 뿜어져 나온 마나의 급류가 타이탄의 거체에 감돌기 시작했다.

파앗!

은은한 빛을 뿌리고 있던 두 눈동자가 황금색 광채를 뿜었다.

"후우우."

제어 크리스털에 손을 대고 있던 시안으로선 그 움직임 하나하나를 세세하게 느낄 수 있었다.

꿈틀거리는 철관, 그 안을 흐르는 마나, 동력을 받아

작동하기 시작하는 각종 장치들.

드라칸의 모든 정보가 오감으로 받아들여졌다.

"그럼 어디 움직여 볼까?"

기이이잉!

"헉."

콰아앙!

앞으로 걸으려던 게 손이 나갔다. 멈추려 한 게 점프가 되었다. 단박에 수십 미터를 날아간 드라칸의 거체가 균열이 이어진 곳과 부딪쳤다.

덕분에 지하실의 한쪽 벽이 완전히 붕괴되어 버렸다.

"으윽, 이거 생각보다 힘든데."

걸음마를 아예 처음부터 하는 듯한 느낌이었다. 그래도 움직일 수 있다는 자체가 다행스러웠다.

시안은 작은 것부터 해 나가기로 했다.

'우선은 손가락부터……'

30분가량을 열중하니 그럭저럭 움직일 수 있게 됐다. 본디 엔지니어인데다 특별한 마나 감지력을 지닌 덕분이었다.

그새 시안의 이마는 땀으로 범벅이 되었다.

"휴우."

타이탄을 제어하는 것만으로도 소량의 마나가 지속적으로 소모된다.

잘 만들어진 타이탄일수록 마나 소모가 적다지만, 그래도 시안의 얼마 안 되는 마나로는 큰 부담일 수밖에 없었다.

시안은 일단 드라칸에서 내려섰다.

그리고 정좌를 하고 앉아 명상에 잠겼다.

수많은 상념들이 시안의 머릿속을 스쳤다. 뒤늦게 저 위의 상황이 떠올랐다.

'보아하니 제국군과 연합군이 다시 맞붙게 될 것 같았다. 어쩌면 이 근방 전체에서 전투가 벌어질지도 모른다.'

들어왔던 길은 무너져 버렸다. 어찌 빠져 나간다 해도 맨몸으론 위험했다.

그렇다고 빵 조각 하나 없는 이곳에서 버티고 있을 수도 없었다. 이미 시안의 뱃속은 밥 달라고 아우성이었다.

'그렇다면?'

방법은 하나.

정면 돌파뿐!

시안은 몸을 일으켰다.

명상을 하고 나니 다시 단전의 마나가 충만해졌다. 그러나 이것도 오래가진 않을 터였다.

시안은 드라칸의 몸에 손을 대었다. 꿈틀거리는 마나의 맥동을 느끼며 물었다.

"할 수 있을까?"

쿵. 쿵. 쿵!

드라칸이 말하고 있는 것 같았다.

나가 싸우라고. 적들을 모조리 파괴하라고!

시안은 고개를 끄덕였다.

"해 보자."

✤ ✤ ✤ ✤ ✤

쿠르릉.

유적 쪽을 경계하고 있던 제국군 제3 기갑 부대는 기이한 진동을 느꼈다.

"뭐지? 지진인가?"

"우선은 부대장께 보고해!"

보고를 받은 제3 기갑 부대장 멜토 자작은 천막 밖으로 나왔다.

"지진인 것 같나?"

"잘은 모르겠습니다. 한 번의 진동 뒤로 아무 일도 없긴 합니다."

그냥 넘길 수도 있는 일. 그러나 크로고스 백작은 각 부대장들에게 신중에 신중을 기할 것을 당부했었다.

멜토 자작은 일단 라이더들을 호출했다.

"연합군 놈들이 뭔가 수를 꾸미는 걸지도 모른다. 전원 타이탄에 탑승하여 대기하도록!"

"알겠습니다!"

멜토 자작 본인도 나이트 급 타이탄인 화이트 스네이크(White snake)에 올랐다. 이름 그대로 온몸이 백색으로 칠해진 거체는 밤의 어둠 속에서 유독 빛났다.

멜토 자작은 우선 레이더를 살폈다.

나이트 급 이상의 타이탄에겐 일정 범위 내의 마나 움직임을 감지하는 레이더가 장착되어 있었다.

이른바 마나 필드 레이더.

타이탄이나 마나 유저는 고유의 마나 필드를 지니고 있다. 레이더는 그것을 감지하여 탑승자에게 보여 주는 역할을 했다.

"음……."

레이더에 잡히는 것은 없었다. 그러나 방심할 순 없는 일.

레이더를 교란하는 마법이나 타이탄 역시 존재했다.

"전원 대기하고 있도록. 내가 홀로 가서 상황을 확인하고 오겠다."

"알겠습니다."

어중간하게 부하들을 보내느니 가장 성능 좋은 타이탄이 다녀오는 편이 나았다. 매복이나 저격의 확률이 있었

고, 방어할 자신이 있는 본인이 나서는 게 최선이라 생각
했다.

나이트 급 타이탄쯤 되면 연합군 샤프 슈터의 저격도
감지하고 방어할 수 있었다. 멜토 자작은 큰 위험을 못
느꼈다.

멜토 자작의 화이트 스네이크가 유적 쪽으로 다가갔
다.

쿠르릉.

"응?"

또 한 번의 진동.

멜토 자작이 의아해할 때였다.

쿠릉! 쿠르르르릉!

"뭐, 뭐냐!"

진동이 한층 거세지고 있었다. 게다가 그 진원 역시
지면과 가까워지는 느낌이었다.

그 순간 마나 필드 레이더에 환한 빛이 들어왔다. 멜
토 자작의 두 눈이 휘둥그레졌다.

"설마!"

콰아아앙!

유적의 한쪽이 깨어지며 시커먼 무언가가 치솟았다.

그 움직임이 너무나 날렵하여 하마터면 타이탄이 아니
라고 생각할 뻔했다.

멜토 자작은 정신을 차리고 앞을 보았다.

흑색 타이탄이 허공에서 내려와 땅에 착지했다. 착지 동작이 조금 어설펐지만 중요한 건 그게 아니었다.

수많은 타이탄을 봐 왔지만 난생 처음 보는 타이탄이었다.

그리고 분명한 건, 제국군 타이탄은 결코 아니란 것이었다.

"적이냐!"

멜토 자작이 소리치며 행동에 나섰다. 베테랑 검사이자 라이더인 만큼 그의 행동은 기민했다.

화이트 스네이크는 주 무기인 두 자루 롱 소드를 꺼냈다.

우우웅!

길이만 5미터에 달하는 거대한 검신들에 소드 오러가 맺혔다. 강렬하게 뿜어져 나오는 그 빛에 흑색 타이탄의 모습이 분명해졌다.

드라칸이었다.

'대체 어떻게 된 거지?'

시안은 잠시 당황했다. 유적 바닥에서부터 천장을 뚫고 나와 보니 갑작스레 타이탄과 조우하게 되었다.

'제국군의 화이트 스네이크다. 그렇다면?'

이내 머리가 돌아갔다. 아마 드라칸에 의한 여파를 느끼고 다가온 모양이었다. 거기까지 생각이 미치니 소름이 쫙 돋았다.

'나이트 급 타이탄!'

타이탄 서열의 4번째이자, 거의 존재하지 않는 에인션트 급을 제외하면 실질적인 3번째 서열이었다.

그중에서도 꽤 상위에 속하는 화이트 스네이크였다. 물론 라이더 역시 출중한 실력자일 터.

그런 강자가 살기를 뿜으며 돌진해 왔다.

'이길 수 있을까?'

아주 잠시 그런 생각이 들었으나 이내 고개를 저었다.

이미 걸음을 내디뎠다. 이제 와 되돌릴 수는 없는 일이었다.

'싸운다!'

시안도 거의 본능적으로 앞으로 달려 나갔다.

두 기의 타이탄이 서로를 향해 쇄도했다.

쿠과과과과!

엄청난 기세에 땅에 파헤쳐졌다. 삽시간에 두 거체의 거리가 좁혀졌다.

"죽어!"

멜토 자작이 소리치며 쌍검을 교차하여 휘둘렀다. 강렬한 검기에 닿지도 않은 땅이 갈라질 정도의 위력!

그렇게 두 팔을 벌린 다음 다시 회수하며 드라칸을 베어 버릴 공산이었다.

그 순간, 드라칸의 등에서 백색의 불꽃이 뿜어졌다.

"헉!"

멜토 자작의 눈이 경악으로 물들었다.

저 모양새는 마치······.

"날개?"

콰앙!

급격히 가속된 드라칸이 굉음을 뿜으며 일직선으로 쏘아졌다.

흑색의 주먹이 화이트 스네이크의 어깨에 꽂혔다.

주먹은 케이크를 가르듯 너무나 간단히 안으로 파고들었다.

콰드득!

"크윽!"

깜짝 놀란 멜토 자작은 반대편 팔을 휘둘러 공격하려 했다. 그러나 그 순간 드라칸이 화이트 스네이크의 복부를 밟고서 뒤로 물러났다.

콰지직!

화이트 스네이크의 오른팔이 뜯겨져 나갔다.

"······!"

어이가 없는 광경에 멜토 자작은 할 말을 잃었다.

나이트 급 타이탄이다.

첨단 공학의 상위권에 위치한 거신(巨神)이었다.

그런 화이트 스네이크의 팔을 간단히 뜯어 버리다니!

기겁하고 있느라 몸이 기울어지는 것도 몰랐다.

화이트 스네이크가 쿵 소리를 내며 쓰러졌다.

"……물러가라."

정체불명의 타이탄에서 목소리가 흘러나왔다.

멜토 자작은 이를 악물었다.

"네놈의 정체를 밝혀라."

"……."

"대체 누구냐!"

흑색 타이탄은 대답 없이 몸을 돌렸다. 그리고 이내 몸을 날려 멀어져 갔다.

북쪽이었다.

연합군의 진지가 존재하는!

— 자작님, 자작님! 어찌 된 일입니까!

통신기에서 다급한 목소리가 들렸다. 쌍검의 소드 오러는 멀리서도 보였을 테고 화이트 스네이크가 당한 모습 역시 보였을 것이다.

멜토 자작이 통신기에 대고 소리쳤다.

"적습이다! 최소 비숍 급 이상! 당장 백작님을 비롯한 모두에게 이 정보를 전달하라!"

제국군 전체에 비상 경보가 떨어졌다.

정체불명의 타이탄에 인한 공습으로 나이트 급 타이탄 한 기가 파손되었다. 더군다나 그 타이탄은 최소 비숍 급이었다.

'라르드 놈이 장난질을 부리는 것인가?'

크로고스 백작은 의아해 하면서도 군에 경계 태세를 내렸다. 제국군 전체가 공습에 대비하여 무장을 갖추었다.

제국군이 그렇게 움직이니 연합군 역시 분주해졌다. 반대로 제국군이 공격해 오려는 걸로 보였던 것이다.

"흥! 크로고스 녀석, 고작 생각한 게 밤중의 기습이란 말이냐?"

라르드 후작은 비웃음 가득한 얼굴로 명령을 내렸다.

결과적으로 연합군 역시 경계 태세를 취하게 됐다.

드라칸은 북쪽을 향해 빠르게 날아가고 있었다.

콰아아아!

백색 불꽃이 날개처럼 등 뒤로 폭사되었다. 그로 인한 추진력 덕에 드라칸은 허공에 살짝 뜬 채로 빠르게 날고 있었다.

이는 마법 문신이 오른팔에 새겨지면서 시안에게 전달

한 고대의 지식 중 하나였다.

이른바 비행 능력!

현대의 기술력으로는 상상도 못 할 일이었다.

이 능력 덕분에 시안은 유적을 아래서부터 뚫고 나올 수 있었다. 그리고 화이트 스네이크와의 전투도 간단히 승리할 수 있었다.

시안은 쿵쾅거리는 심장을 진정시키려 했다.

'이것이 에인션트 급 타이탄의 힘이구나.'

나이트 급 타이탄의 어깨 장갑을 너무도 간단히 짓이겨 버렸다.

물론 멜토 자작이 방심한 탓도 컸다. 정확히는 공격에만 집중을 한 것이 그의 실수였다.

방어 역시 생각하여 오러를 둘러놓았다면 그리 쉽게 뚫리진 않았을 것이다.

"응?"

시안의 레이더에 여러 움직임들이 잡혔다.

드라칸의 레이더는 현대의 것보다 한층 발달해 있었다.

현대 레이더는 2차원적이다. 거리를 측정할 수는 있으나 높이 개념은 존재하지 않는다.

때문에 지면 밑에 있을 때는 드라칸을 눈치채지 못했고 유적을 뚫고 나와서야 감지할 수 있었다.

반면 드라칸의 레이더는 3차원적이다.

높이와 거리 모두를 감지할 수 있었다. 게다다다감지 범위 역시 수십 배에 달했다.

양군의 타이탄들이 드라칸을 향해 포위망을 좁히고 있었다.

"이대로 있다간 포위당한다."

시안은 일단 방향을 틀었다.

연합군 쪽을 향하여 돌진했다.

"적이 온다!"

연합군 라이더들이 드라칸을 발견했다. 홀로 쳐들어오는 흑색의 타이탄. 심상치 않았으나 그들 역시 전장에서 잔뼈가 굵은 베테랑들이었다.

연합군의 솔저 급 타이탄 10여 기가 양쪽으로 갈라졌다. 단번에 포위하여 협공하려는 것이었다.

드라칸은 그 안으로 돌진해 들어갔다.

"지금이다! 협공을……!"

순간 드라칸의 주먹이 전방의 타이탄에게 날아들었다.

쾅—!

밤공기가 우르르 떨렸다. 타격의 충격파가 지면의 모래를 사방으로 퍼트렸다.

주먹이 꽂힌 타이탄은 어깨가 완전히 박살난 채로 수십 미터를 날아갔다. 지면에 떨어진 뒤에도 수 미터를 더 미끄러졌다.

타격의 충격이 타이탄 전체에 퍼졌다.

라이더는 기절했고 타이탄 자체는 전투 불능 상태가 되었다.

단 일격에!

"이런 염병할……."

"괴물!"

기겁하는 라이더들.

시안은 그들이 정신을 차릴 때까지 기다리지 않았다. 드라칸의 두 번째 주먹이 왼편의 타이탄에게로 향했다.

타이탄 라이더는 기겁을 하여 두 팔을 교차해 주먹을 막으려 했다.

콰드드득!

어퍼컷이 양팔을 그대로 꿰뚫고 위로 치솟았다. 그리고 타이탄의 턱을 날려 버렸다.

머리가 뽑혀 나간 타이탄이 스르르 무너졌다.

"이럴 수가!"

"미친!"

라이더들 모두가 딱딱하게 얼어붙었다.

단 두 번의 주먹질로 타이탄 두 기가 전투 불능이 된 상황을 이해할 수 없었다.

시안은 그 틈을 놓치지 않았다.

드라칸은 포위망을 제치고서 다시 북쪽으로 내달렸다.

라이더들은 선 채로 굳었다. 그들의 이빨이 딱딱 소리를 내며 부딪쳤다. 무거운 전율 때문에 움직일 수가 없었다.

"후우우."

시안은 가볍게 숨을 뱉었다.

전투의 긴장감과 희열이 뒤섞여 그의 몸은 한껏 달아올라 있었다.

반대로 머릿속은 차갑게 식어 있었다.

'그 사람들은 죽었을까?'

박살난 타이탄 라이더들의 생사가 궁금했다. 더불어 드라칸의 위력이 새삼 실감이 됐다.

'괴물!'

어느 라이더가 소리쳤던 대로다. 드라칸은 시안 스스로가 생각하기에도 제어하기 힘든 괴물이었다.

단 두 번의 주먹이었으나 그 위력은 어떠했던가.

오러가 실린 것도 아니고 시안의 실력이 뛰어난 것도 아니었다. 오히려 하급 라이더보다 못한 것이 시안의 실력이었다.

그럼에도 솔저 급 타이탄들이 일격에 박살났다.

나이트 급 타이탄 화이트 스네이크도 치명상을 입었다.

게다가 어렴풋이 느껴지는 것이었지만, 시안은 자신의 공격성이 증폭되고 있다는 느낌을 받았다.

'마치 내게 싸우라고 소리치고만 있는 것 같다.'

드라칸은 끊임없이 외치고 있었다.

더 많은 적을 상대하라고, 그 모두를 부수고 쪼개어 파괴하라고.

시안은 그 목소리에 동조되고 싶어 하는 자신을 느꼈다. 그러나 지금 상황에선 그걸 거부할 수 없었다. 어찌 됐든 살아남아야만 했다.

"저쪽이다!"

"저 타이탄인가!"

이번엔 제국군이었다.

스콜피온, 그리고 역시 솔저 급인 리자드가 각각 10여 기씩 드라칸을 앞뒤로 포위해 오고 있었다.

'싸워야 한다!'

시안은 일체의 동정심을 버렸다. 저들도 죽음을 각오하고 덤비는 것. 칼날 위에 올라 있는 건 자신이나 저들이나 마찬가지였다.

쉬이익!

리자드의 창날이 드라칸을 목표로 짓쳐들어왔다.

시안은 몸을 틀어 창날을 피했다. 그러나 그 순간 뒤에서 날아든 스콜피온의 도끼에 적중됐다.

카아앙!

"윽!"

드라칸의 등에서 불꽃이 튀었다. 거친 진동에 시안은 이를 악물었다.

그러나 드라칸 자체엔 타격이 없었다. 오히려 도끼날에 금이 가서는 부스러졌다. 실로 무지막지한 자체 방어력이었다.

"뭐, 저런 괴물이……!"

그 순간 드라칸이 떨어진 도끼의 자루를 붙들었다. 날이 박살 난 도끼였지만 몽둥이 역할은 충분히 할 수 있었다.

몽둥이가 된 도끼를 휘둘러 스콜피온을 공격했다.

"이야압!"

시안은 자기도 모르게 기합을 내질렀다.

자세는 제법 잡혀 있었다. 무의식중에 칼리드에게서 배웠던 검술의 기본자세가 드러난 것이었다.

"크윽!"

가까이에 있던 스콜피온 라이더는 도끼를 들었다. 미약하지만 소드 오러마저 더해져 한층 강력한 강도를 지니게 된 도끼였다.

카아앙!

몽둥이와 도끼가 충돌했다. 그리고 몽둥이는 삽시간에

도끼날을 파고들어 갔다. 아니, 때려 부쉈다.

시안은 거기서 멈추지 않았다.

베기를 찌르기로 전환했다. 몽둥이의 끝부분이 스콜피온의 목에 깊숙이 처박혔다.

콰드드득!

드라칸의 팔이 그 상태에서 위로 올라갔다. 결과적으로 스콜피온이 드라칸의 한 팔에 의해 들리는 형태가 되었다.

실로 엄청난 괴력!

시안은 들어 올린 스콜피온을 다른 타이탄들을 향해 내던졌다.

쿠아앙!

날아든 스콜피온과 충돌한 타이탄들이 와르르 넘어졌다. 공격을 받지 않은 타이탄들도 엄청난 괴력에 놀라 주춤하고 말았다.

시안은 그 틈을 타 포위망을 벗어나 다시 북쪽으로 날아갔다.

❖ ❖ ❖ ❖ ❖

두 군세 모두가 타격을 입었다. 그것도 정체불명의 타이탄 한 기에 의해서 말이다.

결과적으로 크로고스 백작도 라르드 후작도 뭔가 이상하다는 것을 깨달았다.

　'연합군의 타이탄이 아니다!'

　'크로고스 녀석의 수하가 아니란 말인가?'

　수 킬로미터를 사이에 둔 두 사람이었지만 그 순간엔 거의 동일한 결론을 내리고 있었다.

　'보고에 의하면 유적에서 모습을 드러냈다고 했다. 그렇다면 결국……'

　'제삼의 존재. 어느 군세에도 속하지 않은 타이탄!'

　두 사람은 거의 동시에 중얼거렸다.

　"고대의 유물……!"

　"에인션트 급 타이탄!"

　곧이어 두 군대에 새로운 명령이 하달됐다.

　"흑색 타이탄을 벗어나게 해선 안 된다. 무슨 일이 있어도 막아라!"

　"놈을 제압하는 자에겐 작위를 내리겠다!"

　말도 안 되는 포상이었다. 지휘관의 권력을 지녔다고 해도 임의로 작위를 내릴 수는 없었다. 자칫하면 왕권에 대한 도전으로 치부될 수도 있었다.

　그러나 그것마저 감수할 정도로 두 지휘관은 급했다.

　에인션트 급 타이탄의 가치란 그러했다.

　크로고스 백작도 라르드 후작도 명령을 내리는 것에

그치지 않았다. 본인들도 각자의 타이탄에 올라 흑색 타이탄의 뒤를 쫓기로 했다.

기이이이잉……!

로열 팬텀과 헬카스트가 가동을 시작했다.

드라칸의 탈주는 쉽지 않았다. 양군의 타이탄들이 드넓게 퍼져 있었던데다 마법 사단이 텔레포트로 타이탄을 공수해 왔다.

남쪽에 있던 타이탄들이 드라칸보다 앞서 북쪽으로 텔레포트됐다.

때문에 포위망은 쉽게 깨지지 않았다.

"해치워라!"

"놈을 제압해!"

양옆으로 모두 세 기의 타이탄이 동시 공격을 펼쳐 왔다. 각기 드라칸의 왼팔과 복부, 미간을 노리고 무기를 뻗어 왔다.

수많은 연습으로 단련됐음이 분명한 환상적인 협공.

그러나 문제라면 타이탄의 급이 다르다는 것이었다.

드라칸은 세 타이탄 라이더가 예상한 것보다 빨랐다. 아니, 그들이 전혀 예측하지 못한 순간에 엄청난 가속을 했다.

"이게 무슨!"

파앙!

백색 날개가 등 뒤로 피어난 순간, 드라칸이 허공을 포탄처럼 날았다.

미간을 노리고 창날을 뻗던 정면의 리자드를 향해 날아들었다. 삽시간에 목을 꽉 쥔 다음 다른 두 타이탄에게 무기처럼 휘둘렀다.

콰과광!

강철들이 부딪치는 소음이 쩌렁쩌렁 울렸다. 직접 목을 잡혔던 리자드는 가동 불능. 나머지 두 타이탄도 크고 작은 손상을 입었다.

"헉헉, 헉⋯⋯."

시안은 숨을 헐떡이고 있었다. 이마를 비롯한 온몸에서 비 오듯 땀이 쏟아지고 있었다. 한동안 잊고 있던 발목의 상처도 다시 욱신거리기 시작했다.

이미 유적을 뛰쳐나온 지 30분이 넘었다.

타이탄 제어에 소모되는 마나는 슬슬 바닥을 보이고 있었다.

타이탄 자체를 구동하는 마나는 따로 존재하는 에너지원을 통해 조달된다. 대개는 마나를 저장해 놓는 룬 스톤이 그 역할을 했다.

드라칸의 경우엔 대마도시대의 기술이 동원된 모양이었다. 시안도 파악할 수 없는 반영구적 동력원이 존재하는 듯했다.

한마디로 거의 무한하게 가동될 수 있다는 것.

그러나 시안 자신의 마나는 한정되어 있었다.

'어떻게든 결판을 내고 이곳을 벗어나야 한다.'

시안은 이를 악물며 생각했다.

여기서 죽을 순 없었다. 결코 저들에게 굴복할 생각도 없었다.

특히나 자신을 제거하려 한 크로고스 백작에겐 더더욱!

그러려면 혈로를 열어야만 했다.

그 순간 전방에 일군의 무리가 빛을 뿜으며 나타났다. 마법 사단의 매스 텔레포트(Mass teleport)가 펼쳐진 것이었다.

빛 무리가 사라지며 나타난 것은 적색의 타이탄을 비롯한 기갑 부대였다.

시안의 얼굴이 일그러졌다.

"……헬카스트?"

설마 전설적인 엠퍼러 급 타이탄을 보게 될 줄은 몰랐다. 더군다나 이런 상황에서 말이다.

그러나 거기서 끝이 아니었다.

파아앗!

또 하나의 빛이 번뜩이며 조금 떨어진 자리에서 한 무

리의 타이탄들이 더 나타났다. 이번엔 청색의 타이탄이 그들을 이끌고 있었다.

"로열 팬텀!"

헬카스트에 필적하는 또 하나의 타이탄!

철혈 백작 크로고스의 상징인 엠퍼러 급 타이탄이 지금 모습을 드러낸 것이었다.

크로고스 백작과 라르드 후작은 그다지 놀란 눈치들이 아니었다. 아마도 어느 정도는 서로의 생각을 예상했을 터였다.

먼저 입을 연 것은 라르드 후작이었다.

"피 냄새 나는 곳에 까마귀가 끊이질 않는 법이라더니 용케 냄새를 맡고 여기까지 왔구나."

"꺼져라, 라르드. 네놈과 노닥거릴 시간은 없다."

"흥. 자신의 입장도 파악할 줄 모르는가? 지금 꺼져야 할 것은 네놈이다, 크로고스."

후작과 백작은 서로를 노려보며 으르렁거렸다. 때문에 그 수하들은 별다른 행동에 들어서질 못했다.

시안은 그 사실을 놓치지 않았다.

'지금이 기회다.'

저 둘의 관계가 소문난 앙숙이란 건 시안도 잘 알았다. 그리고 지금 두 사람은 시안을 무시한 채 으르렁거리고 있었다.

이만한 기회도 없었다.

그러나 그건 시안의 착각이었다.

"어딜!"

드라칸이 발을 떼려 하자 라르드 후작이 먼저 반응했다. 그의 타이탄 헬카스트가 허공에 손을 뻗자 화염처럼 붉은빛 무리가 손아귀로 모여들었다.

소드 마스터의 상징, 광검(光劍: Light blade)이었다.

촤아악!

허공을 향해 거의 20미터 가깝게 뿜어진 적색 광검. 그 위용은 실로 어마어마한 것이었다.

익스퍼트 급 검사는 검에 오러를 싣는 게 가능하다. 그러나 무(無)의 상태에서 오러의 칼날을 구현하는 건 마스터의 영역이었다.

지금 그 신기(神技)를 타이탄에 탑승한 채 펼치고 있는 게 라르드 후작이었다.

"일단 한번 받아 봐라!"

신이 난 듯한 어조로 라르드 후작이 소리쳤다.

그와 대치했던 것과 별개로 크로고스 백작은 나서질 않았다. 아무래도 상황을 살피려는 모양.

광검이 드라칸의 장갑 위로 떨어졌다.

파지지지직!

시뻘건 불꽃이 사방으로 튀었다. 순간적으로 평야 위의 어둠이 빛에 의해 걷혔다. 드라칸의 발아래 땅에 50미터에 이르는 대균열이 생겨났다.

충격파만으로 땅이 갈라져 버린 것이다.

그럼에도 드라칸은 외관상의 이상은 없었다. 엠퍼러급 타이탄에 탑승한 소드 마스터의 광검을 버텨 낸 것이다.

"허어!"

라르드 후작은 감탄한 눈치였다. 로열 팬텀에 탑승 중인 크로고스 백작도 눈을 빛냈다. 오러 하나 없이 광검을 막는 일은 엠퍼러 급 타이탄도 못 했다.

"크으윽!"

시안은 정신이 없을 지경이었다.

충격파가 땅을 갈랐듯 시안에게도 충격이 전해졌다. 드라칸이 받은 것에 비하면 실로 극미한 양이었지만 그것만으로도 속이 울렁거릴 지경이었다.

그나마 드라칸 덕분에 목숨을 건졌다.

충격 대부분이 드라칸에게 흡수됐다는 것을 너무나 잘 아는 시안이었다.

"고맙다."

나직이 중얼거린 시안은 전방을 응시했다.

라르드 후작은 기쁨에 겨워하고 있었다. 크로고스 백

작 역시 내색하진 않았지만 가슴이 쿵쾅거리는 것을 느꼈다.

"이것이 바로 에인션트 급 타이탄이로군. 대마도시대의 산물!"

"너무 좋아하지 마라, 라르드. 저건 결코 네놈이 가질 수 없는 것이니."

"흥. 목소리가 떨리는군, 크로고스. 벌써부터 겁이 나나? 우리 모틸 왕국이 아카테스 제국에 필적하는 강대국이 되는 것이 말이다."

"말도 안 되는 소리를."

혀를 차며 일축하는 크로고스 백작. 그러나 내심 긴장한 채 상황을 살피는 중이었다.

라르드 후작의 허언에 겁먹은 것은 아니었다. 그러나 그가 꺼낸 말 중에도 분명 유의할 만한 게 있었다.

'에인션트 급 타이탄!'

홀로 대륙의 정세를 조율할 수 있는 존재. 지금 그것이 눈앞에 있었다. 철혈이라는 크로고스 백작이었지만 가슴이 쿵쾅거리는 것까진 어찌하지 못했다.

시안은 이를 악물었다.

'승산은 없는 건가?'

상대방은 무려 엠퍼러 급 타이탄에 탑승한 소드 마스터다.

그것도 하나가 아니라 둘.

암만 드라칸이 대단하더라도 이것까지 벗어날 순 없을 것 같았다.

무엇보다 시안 자신이 한계였던 것이다.

'정말 끝이란 말인가?'

시안이 깊은 절망을 느끼려는 순간이었다.

부우웅!

"……!"

시안의 오른팔. 마법 문신이 새겨진 곳이 밝은 빛을 토하기 시작했다.

그리고 그와 함께 시안의 머릿속으로 수많은 정보가 들어왔다.

마법 문신은 모든 정보를 알려 준 것이 아니었다. 시안의 능력을 확인하고, 시안의 능력이 감당할 수 있는 지식만을 전달했었다.

결국 지금까지 시안이 알고 있던 능력은 비행 능력 하나뿐이었다.

그러나 지금, 절체절명의 상황이 닥치자 또 다른 지식이 머릿속으로 들어오는 것이었다.

시안은 새로운 능력 하나를 깨달았다.

'음?'

그 이상을 눈치챈 것은 크로고스 백작뿐이었다. 시안

에게서 뭔가 피부를 찌르는 듯한 느낌을 받았던 것이다.

때문에 일시적으로 그의 신경이 시안을 향했다.

라르드 후작은 그 틈을 놓치지 않았다.

"전군! 로열 팬텀을 어떻게든 막아라!"

그렇게 소리치며 라르드 후작이 헬카스트를 움직였다. 미리 대기하고 있던 연합군 타이탄들이 로열 팬텀을 향해 돌진했다.

"라르드!"

"하! 미안하지만 이건 내가 가져가겠다!"

헬카스트는 당장 드라칸을 움켜쥐려는 듯 팔을 뻗었다.

이미 마법 사단이 준비 중이었다. 헬카스트가 드라칸을 붙드는 순간 매스 텔레포트가 다시 시전될 테고, 두 타이탄은 연합군 진지로 순간 이동될 것이다.

그리고 그곳에서 물량으로 드라칸을 제압하면 그만!

'이 흑색 타이탄은 내가 갖는다!'

라르드 후작이 미소를 지으려는 찰나였다.

콰앙! 콰광!

강렬한 폭발이 헬카스트의 흉부에서 일어났다. 수십 킬로미터 바깥에서부터 날아든 포탄이었다.

크로고스 백작이 미리 준비시켜 둔 드래곤 버스터들의 일제 사격이 뿜어졌던 것이다.

"쳇!"

라르드 후작은 비틀거리는 헬카스트를 진정시켰다. 그러나 그 짤막한 시간이, 드라칸에게는 충분한 시간이었다.

드라칸의 몸이 빛에 휩싸였다.

파아앗!

"뭐, 뭐야……!"

"설마?"

라르드 후작과 크로고스 백작 모두가 놀라 눈을 부릅떴다. 그들의 머릿속에 비슷한 예측이 스쳐 갔다. 그것도 전혀 예기치 못한 최악의 경우가.

불행한 예측은 적중하고 말았다.

빛이 사라졌을 때 드라칸의 모습은 더 이상 없었다.

"텔레포트라니!"

라르드 후작의 목소리는 비명이나 다름없었다.

이건 정말 말도 안 되는 일이었다.

기본 규격 타이탄 한 기를 20km 이동시키는 데에 5서클 급 마법사 한 명이 동원된다. 매스 텔레포트는 말할 것도 없다.

실제로 방금 전 매스 텔레포트를 위해 고위 마법사 30명이 동원되었다.

그런데 지금, 저 흑색 타이탄은 홀로 텔레포트를 펼쳐

도망간 것이다.

기가 막힐 수밖에.

크로고스 백작 역시 얼굴을 일그러트렸다. 그가 상정해 놓은 계획 전부가 일순간에 무너져 버렸다. 거기에 지금껏 쌓인 분노가 더해졌다.

"네놈, 라르드!"

강렬한 살기가 폭사되었다. 순간적으로 로열 팬텀의 양손에 두 개의 광검이 구현되었다.

서걱—!

단 두 번 빛이 번뜩이자 솔저 급 타이탄 세 기가 동강이 나 무너졌다.

실로 엄청난 검기(劍技)!

"크로고스, 잠깐! 잠시 우리끼리의 싸움은 멈추도록 하자!"

"네놈부터 해치운 후 생각해 보겠다!"

크로고스 백작은 가볍게 일축하며 두 광검을 순차적으로 던졌다. 광검에 흉부를 꿰뚫린 솔저 급 타이탄 두 대가 그대로 폭발했다.

콰콰광!

라르드 후작의 얼굴이 차갑게 가라앉았다.

"제기랄, 저 녀석이 뚜껑 열린 모양이군. 하지만 하필이면 이런 때에……."

항상 냉철한 크로고스 백작이었지만 한번 폭주하면 황제조차 말릴 수 없었다. 그리고 그런 크로고스 백작의 무서움은 맞수인 라르드 후작이 가장 잘 알았다.

그러는 새에 로열 팬텀에 의해 두 기의 타이탄이 더 불능 상태가 되었다.

더 우물거리다간 돌이킬 수 없는 타격을 입을 터.

라르드 후작은 울며 흙을 씹는 심정으로 헬카스트를 돌진시켰다.

"어쩔 수 없다, 상대해 주마!"

"죽어라, 라르드!"

두 타이탄의 광검이 빛을 뿜으며 격돌했다.

✤ ✤ ✤ ✤ ✤

대혈전이 벌어지는 지역에서 100km 떨어진 북부.

고요하던 산중에 돌연 돌개바람이 몰아치기 시작했다.

휘이이이잉!

돌풍은 차츰 속도를 올리며 강력해졌다. 그러다 중심을 향하여 수축하며 회전하기 시작했다.

핏.

일순 그 중심에서 검은 공간이 생겨났다. 그리고 거대한 흑색 타이탄을 토해 냈다.

드라칸이었다.

드라칸의 전방에 금색의 빛이 구현됐다. 정확히 사람 한 명 크기의 빛은, 잠시 후 섬광처럼 퍼져서는 사라졌다.

그 자리에 시안의 몸이 앞으로 쓰러졌다.

"으으으윽!"

강렬한 두통과 구역질이 시안을 괴롭혔다. 시안은 그 자리에 널브러진 채 한참을 고통스러워했다.

그럴 수밖에 없었다.

지금의 시안은 한계를 넘어선 상태였다. 극한까지 드라칸을 제어한 까닭에 몸의 마나가 바닥나 있었고 거기서 장거리 텔레포트를 사용한 까닭에 몸까지 잔뜩 혹사되었다.

그 고통은 두통과 구역질로 찾아왔다.

"헉…… 허억."

한참을 고통스러워하던 시안은 겨우 숨을 고를 수 있었다. 그나마 정신을 차리게 되니 드라칸의 모습이 눈에 들어왔다.

우선은 보다 먼 곳으로 도망쳐야 했다. 그러나 드라칸에 탑승하여 갈 수는 없었다.

시안은 드라칸을 향해 손을 뻗었다.

"……드라칸, 어둠으로 돌아가라."

힘겹게 말을 하자 드라칸의 발밑으로 거대한 마법진이 구현됐다. 빛의 원기둥이 드라칸을 감쌌다.

원기둥이 사라졌을 땐 드라칸의 모습도 더 이상 없었다.

고유 아공간으로 모습을 숨긴 것이었다.

이는 에인션트 급 타이탄에만 한정된 힘. 엔지니어라면 누구라도 동경할 대마도시대의 산물이었으나 지금 시안은 감탄할 겨를이 없었다.

"더 멀리 도망쳐야……."

시안은 겨우 몸을 일으켰다.

그러나 몇 걸음 가지 못해 다시 쓰러졌다.

낮게 신음하며 일어서려 했지만 몸이 의지를 배반했다.

손가락을 몇 번 움직이려던 시안은 결국 혼절하고 말았다.

Chapter 9

용병단 합류

베이탈 아카데미에도 여름이 찾아왔다.

늦은 봄 내내 학생들의 입가에 오르내리던 타이탄 레이스 이야기도 어느새 사라져 있었다. 그들은 그저 앞으로 다가올 여름 방학 계획에 정신이 팔려 있었다.

그렇게 모두가 여름 방학을 기다리던 때.

파르마 접경 지역으로부터 발굴단이 돌아왔다. 수많은 소식을 가득 안고서.

"오스트 베인이 돌아왔다지?"

"라르드 펠로스 후작이 노린다는 얘기가 있었는데 그래도 무사히 돌아왔나 보구나."

"결국 유적엔 아무것도 없었던 걸까?"

"라르드 후작과 크로고스 백작이 한판 붙었다며?"

수많은 이야기가 학생들의 입을 오르내렸다.

특히 두 엠퍼러 급 타이탄, 로열 팬텀과 헬카스트의 혈전은 누구나 한 번씩은 언급하는 것이었다.

"지난 일곱 전투와는 싸움의 향방이 완전히 달랐다. 늘 방어적으로 싸우던 크로고스 백작은 무서울 정도로 라르드 후작을 몰아쳤다. 늘 공격 일변도였던 라르드 후작은 방어에만 급급하게 되는 굴욕을 맛보았다. 아들을 잃을 뻔한 백작의 분노는 실로 엄청난 것이었다."

몇몇 학생들은 음유시인이라도 된 듯한 목소리로 이야기를 전했다.

"결국 천하의 헬카스트가 방어에만 급급하다 물러나고 말았다. 기이한 것은 크로고스 백작이 더 이상의 추격을 포기했다는 것이다. 아들을 구했다는 것만으로도 만족을 한 것이었을까?"

상당히 많은 사실이 왜곡되어 있었다.

특히 크로고스 백작과 오스트에 대한 이야기가 그러했다.

'냉철하기 그지없는 철혈의 백작, 그러나 실제론 자신의 아들을 사랑하는 남자.'

크로고스 백작에 대한 세간의 평가는 어느새 이런 식으로 변해 있었다.

정체불명의 흑색 타이탄에 대한 이야기는 불문에 붙여졌다. 크로고스 백작이나 라르드 후작 모두 딴 욕심을 품고 정보를 통제한 것이었다.

덕분에 대부분의 사람들은 드라칸의 존재를 알 수 없었다.

아이넬 필리안 역시 겉보기엔 다른 학생들과 다를 게 없었다.

수업에 집중하고 자기 계발에 힘썼다. 필요하다면 다른 학생들과의 인맥을 쌓았고 때로는 취미인 독서와 산책에 시간을 소모했다.

그러던 중 여름방학을 앞두고 발굴단이 돌아왔다.

그 얘기를 듣고서 몇 분 뒤, 아이넬은 자기도 모르게 엔지니어 숙소로 향하고 있었다.

'돌아왔을까?'

마지막으로 시안을 보았을 때가 떠올랐다.

'죽지 않을 겁니다.'

시안의 목소리가 머릿속을 울렸다. 그럴 때마다 아이넬의 가슴은 자기도 모르게 두근거리는 것이었다.

황망히 걷던 중 아이넬은 숙소 쪽에서 돌아오는 칼리드를 만났다.

그는 고개를 푹 숙이고 있었다.

"선생님."

낭랑한 목소리에 칼리드가 고개를 들었다.

한껏 일그러진 얼굴이었다.

"아이넬 공주님."

"왜…… 그런 표정을 하고 계시죠?"

칼리드의 얼굴이 더욱 어두워졌다.

"시안을 찾으시는 거라면 잘못 오셨습니다."

"……?"

"실종되었다고 하더군요."

"……!"

아이넬은 심장이 멎는 듯한 느낌을 받았다. 너무나 당황한 나머지 입술이 떨어지질 않았다.

칼리드는 착잡한 표정으로 말을 이었다.

"연합군 측 기습을 당해 도망치던 중 자취를 감추었다고 합니다. 듣기로는 급류에 휩쓸리는 것을 본 사람이 있다고……."

그 뒤의 목소리는 들리지 않았다.

아이넬은 딱딱하게 굳은 채로 한참을 서 있었다.

록펠 기술부장은 눈앞에 놓인 종이를 힐끔 보았다.

"이게 무엇인가?"

"사표입니다."

이미 짐을 다 챙긴 팔콘이었다. 사실 그런 꼴로 부장실에 들어올 때부터 대강 짐작은 하고 있었다.

"시안을 찾으러 갈 생각이로군."

"녀석이 죽었을 거라곤 생각하지 않습니다. 만일 죽었다면…… 시체라도 되찾아 돌아와야죠."

"흐음."

록펠은 침착한 눈으로 팔콘의 안색을 살폈다. 눈시울이 빨갛긴 했지만 차분한 표정이었다.

"솔직히 의외야."

"예?"

"난 자네가 울고불고 난리치며 다 때려죽이겠다고 난리를 피울 줄 알았거든. 그걸 어떻게 말려야 하나 걱정하고 있었네."

"질질 짜는 건 녀석의 생사를 확인하고 난 뒤에 할 겁니다."

"그런가?"

"예. 그리고 시안을 죽인 놈들에게 복수를 할 겁니다."

록펠의 눈동자가 살짝 흔들렸다. 지금의 팔콘은 정말 마음먹을 일을 해내고자 하는 얼굴이었다.

그리고 독하게 마음먹은 엔지니어는 10기의 타이탄보다도 무섭다.

그것을 누구보다도 잘 알고 있는 록펠이었다.

"마지막 말은 못 들은 걸로 하겠네."

"……."

"어쨌든 아쉬운 일이군. 자네와 시안에게 이만저만 정든 게 아니었는데 말이야."

"시안을 찾은 다음엔 꼭 돌아오겠습니다."

"그렇다면……."

록펠은 사표를 서랍장 안에 집어넣었다.

"이건 그때까지 내가 가지고 있도록 하지. 지금부터 자네는 임시 해직 상태일세. 시안의 자리 역시 남겨 두고 있겠네."

팔콘의 눈에 기어코 물기가 맺혔다.

"감사합니다, 기술부장님!"

"무슨 말을. 오히려 내가 다 미안할 지경이네. 힘이 있었다면 결코 백작의 뜻에 굴복하지 않았을 것을……."

록펠로선 시안을 발굴단에 보낸 것이 못내 마음에 남았다.

생각할수록 시안의 빈자리가 안타까웠고 자신의 무력함이 원망스러웠다.

"자네들이 꼭 돌아올 수 있도록 이곳에서 기도하겠네."

"예. 그럼 그때까지 안녕히 계시길."

팔콘은 시원하게 인사를 하고는 부장실을 떠났다.

여러 엔지니어 동료들이 작별을 위해 밖에 나왔다. 팔콘은 그들에게도 감사의 인사를 건네고는 아카데미를 빠져나왔다.

"시안, 꼭 찾아 주마."

그렇게 중얼거린 팔콘은 북쪽을 향하여 걸음을 옮겼다.

✤ ✤ ✤ ✤ ✤

시안은 어둠 속을 떠다니고 있었다.

가만히 있으면 이곳저곳에서 몰려오는 파장에 몸이 흔들렸다. 마치 파도치는 수면에 떠 있는 것만 같았다.

"작별이다, 드라칸!"

낯선 노인의 목소리가 귓가를 울렸다.

"반드시 돌아와. 반드시."

이번엔 낯익은 목소리였다. 그 목소리의 주인을 떠올린 순간 시안은 마음속이 편안해지는 느낌을 받았다.

자기도 모르게 오른팔을 가슴 쪽으로 움직였다.

더듬어 보았으나 목걸이의 감촉은 없었다.

시안은 눈을 떴다.

"……."

당장 보인 것은 뻥 뚫린 하늘이었다. 푸른 도화지에 언뜻언뜻 놓인 흰 구름들이 아래에서 위로 흘러가고 있었다.

잠시 후에야 마차에 뉘여 있다는 것을 깨달았다.

"으."

몸을 일으키려던 시안은 작게 신음했다. 발목이 시큰 거렸던 까닭이었다. 그래도 그 덕분에 현실 감각이 많이 돌아왔다.

"어라, 너 깨어났냐?"

왠지 출싹거리는 목소리였다.

마부석에 앉아 있는 중년 남자가 시안을 돌아보고 있었다.

"여기는 어딥니까?"

"제국과 필리안 왕국의 접경. 목적지는 북서쪽의 레오 스 접경 지역이다."

간략한 설명 덕에 상황 파악이 빠르게 이뤄졌다.

시안은 지도상의 위치를 헤아려 보고는 내심 안도의 한숨을 쉬었다.

'그곳에서부터 북쪽으로 향하고 있구나. 다행이다.'

사내나 그 일행의 행색을 보니 제국군이나 연합군 같 진 않았다.

하기야 그 둘 중 하나였다면 시안을 족쇄로 포박해 놓

앉을 것이다.

'그나저나……'

시안은 다시 한 번 주변을 시야에 담았다.

서너 대의 마차와 대여섯 대의 웨건 급 타이탄이 이동 중이었다. 웨건 급 타이탄들이 운송하고 있는 것은 솔저 급과 워커 급 타이탄들이었다.

"흠, 네놈은 엔지니어 같던데?"

사내의 말에 시안은 다시 그를 보았다. 머리숱이 거의 없는 사내는 씨익 웃었다.

"네놈을 주운 게 나거든. 주울 때 보니 타이탄 정비용 공구를 몇 개 지니고 있더구나. 엔지니어가 아니라면 훔 친 걸 테지?"

"엔지니어 일을 해 오고 있습니다."

"흠! 나이를 보아선 기껏해야 수습 수준이겠지만 뭐, 밥값은 할 수 있겠지?"

"……"

"그런데 어쩌다 산중에 널브러져 있었던 거냐? 그보다 남쪽에서 전쟁이 벌어졌다고는 해도 네 나이를 봐선 군 에 들어갈 수준은 아닌 것 같은데."

시안은 대강 상황을 파악했다.

아마 시안이 몇 살만 더 많았더라도 이 사내는 그를 버 리고 갔을 것이다. 최악의 상황엔 군에 데려다 주고 돈을 받으려 했을 수도 있었다.

하지만 시안이 어린지라 설마 군에 속한 엔지니어라고는 생각 못 한 것이었다.

엔지니어의 실력은 나이에 비례한다!

그것이 엔지니어에 관한 통설이었다.

때문에 사내는 시안과 유적 전쟁을 연관 짓지 못했다. 100km라는 거리 역시 그런 생각에 힘을 더했다.

아마 공구를 훔쳐 도망친 도둑이나 수습 엔지니어라 생각했을 것이다.

'덕분에 살았다.'

시안은 속으로 가슴을 쓸어내렸다. 하마터면 어이없게 잡혀갈 뻔했다.

사내는 두 눈을 가늘게 뜨고 시안을 보았다.

"하여간 네 목숨은 내가 구한 거다. 그 사실은 잘 알고 있겠지."

"예, 감사드립니다."

"뭐, 그럴 필요는 없어. 써먹을 데가 있을 것 같아 건져 온 것뿐이니까. 정 쓸모없으면 노예 시장에 팔아 버릴 거거든, 흐흐흐."

사내가 음흉하게 웃었지만 시안은 불안해하지 않았다. 이미 최악의 상황은 피한 만큼 앞일이 어찌 된데도 괜찮았다.

더군다나 시안에겐 비장의 무기까지 있지 않은가.

'우선은 힘을 기르도록 하자.'

시안은 일단 그렇게 계획을 세웠다.

"그래, 엔지니어 일을 배웠다고 했지?"

"그렇습니다."

"그럼 일단 네 녀석의 실력을 시험해 봐야겠다. 다음 휴식지에서 말이야."

시안은 고개를 끄덕였다.

얘기가 잘 통하니 사내의 기분도 좋아졌다.

"내 이름은 기스터다. 네 이름은?"

"시안입니다."

"좋다, 시안. 어쨌든 테스트를 해 보도록 하지. 성공한다면 넌 우리 식구고."

기스터가 목을 긋는 시늉을 했다.

"실패한다면 노예 시장에 팔아 버리겠다."

"알겠습니다."

시안은 차분히 대답했다.

마차를 모는 동안 기스터는 이런저런 이야기를 전해 주었다.

덕분에 시안은 많은 것을 알 수 있었다.

기스터 용병단이 그들의 이름이라는 것, 레오스 접경지 쪽에서 발발한 전쟁으로 인해 일거릴 찾으러 가고 있다는 것 등을 알게 되었다.

기스터는 그냥 말동무가 필요하단 태도였다. 마차를 몰고 있자니 심심했던 게 분명했다.

"그럼 기스터 씨가 용병단장이란 말이군요."

"그렇지. 본래 용병이란 것들은 머릿속까지 근육이 들어찬 놈들이거든. 쌈박질 말고는 할 줄 아는 게 없단 말씀이야. 계약, 임무 이행, 채무 관계, 전술 실행 등등. 하여간 여기서 머리 쓸 일을 할 줄 아는 사람이 나밖에 없어."

"지랄하고 있네. 네놈이 그냥 말발이 좋아 대장 먹는 거잖냐."

바로 옆에서 마차를 몰던 사내가 이죽거렸다. 훤한 대머리를 가로지르는 흉터가 인상적은 사내였다.

"베커스, 이 빌어먹을 자식아. 내가 떠드는데 끼어들지 마라!"

"떠들 거면 거짓말은 하지 말란 말이다. 쳇. 그나저나 뭔 얘기를 그렇게 해 대? 어차피 테스트 통과 못 하면 노예 시장행인데."

"뭐, 어떠냐. 이거 듣는대서 큰일 나는 것도 아니고."

"흥. 하여간 수다스러운 놈이라니까. 퉤!"

베커스는 침을 탁 뱉고는 고개를 돌렸다.

기스터 용병단은 이내 예정된 휴식지에 도착하게 됐

다.

용병들은 대강 천막을 설치하고 마차와 웨건 급 타이탄들을 정차시켰다. 그리고 대강 식사를 준비했다.

시안에게도 희멀건 죽과 딱딱한 빵이 전달됐다.

"먹어라. 소금이나 후추가 있으면 뿌려 먹으라고 하겠다만 애석하게도 없나 보더군. 하여간 아주 못 먹을 건 아니다."

기스터의 말에 시안은 고개를 끄덕였다.

"제가 며칠 동안 기절해 있었습니까?"

"흠? 글쎄. 대충 일주일쯤 되었을 거다. 그리고 보니 네놈도 참 별종이구나. 그 일주일을 물 한 방울 마시지 않고 버티다니 말이야."

"혹시 제 목에 걸려 있는 목걸이를 보지 못했습니까?"

시안은 그렇게 말하며 기스터를 보았다.

기스터는 무표정한 얼굴이었지만 눈동자가 흔들리는 것까진 어쩌지 못했다.

"……글쎄. 나는 보지 못했다만?"

"그렇습니까?"

"그래. 그러니 어서 식사나 해라. 끝나자마자 테스트를 봐야 하니까."

시안은 더 추궁하지 않았다.

일단은 말없이 죽과 빵만을 입속으로 넣었다.

기스터의 말대로 음식은 딱 먹을 만한 수준이었다. 맛은 없지만 아주 못 먹을 것은 아닌 정도랄까.

식사를 끝낸 시안은 기스터를 따라갔다.

테스트를 위해 준비된 것은 낡은 크리스털 엔진이었다.

몇몇 용병들이 그곳에 모여 있었다. 공구를 들고 있거나 옷이 기름에 절어 있는 걸로 봐선 용병단에 속한 엔지니어들인 모양이었다.

기스터가 크리스털 엔진을 가리켰다.

"자, 이거다. 조금 낡긴 했지만 아직은 쓸 만한 녀석이지. 이걸 십 분 내에 작동할 수 있도록 고치는 게 테스트다."

시안은 내심 웃었다. 수학자 보고 덧셈 문제를 풀라는 게 이런 기분일까?

옷에 달린 주머니에서 공구를 꺼냈다. 목걸이와는 달리 공구들은 모두 남아 있었다. 아마 돈이 안 될 것 같아 내버려 둔 모양.

시안은 우선 크리스털 엔진을 슬쩍 만졌다.

기계 특유의 시원한 느낌에 기분이 좋아졌다.

"흠흠. 농땡이 피우려는 건 아니겠지?"

"자기가 촉진이라도 할 수 있을 거라 생각하는 거냐?"

"이봐, 엔지니어 소년. 촉진은 마나가 흐르는 경우에

만 쓸 수 있는 거라고, 하하하!"

엔지니어들이 한껏 웃으며 비아냥거렸다. 시안은 피식 웃고서 작업에 들어갔다.

그리고 1분도 안 되어 그들의 표정이 일그러졌다.

"뭐, 뭐야?"

"이럴 수가……."

"이런 말도 안 되는 일이!"

엔지니어들은 하나같이 입을 쩍 벌린 채 말을 잇지 못했다.

얼마 손을 대지 않고도 고장 난 크리스털 엔진을 부활시켰던 것이다.

그것에 그치지 않았다.

엔진은 고장 나기 전보다도 출력이 좋아져 있었다. 똑같은 부품인데도 상당한 능력 차이를 보였다.

그들도 엔지니어다.

최소한 시안의 실력이 자기들보다 몇 수 위임은 분명히 알았다.

"기, 기스터."

"대체 어디서 이런 괴물을 건져 온 거냐?"

기스터 역시 당황한 표정이 역력했다. 반쯤은 별 생각 없이 건져 온 녀석이 이런 실력자일 줄은 꿈에도 몰랐던 것이다.

"테스트엔 통과한 겁니까?"

기스터는 떨떠름한 표정으로 고개를 끄덕였다.

시안은 만족한 얼굴로 손을 내밀었다.

"그럼 내놓으시죠."

"뭐, 뭘?"

"목걸이 말입니다. 기스터 씨가 가져간 걸 다 알고 있습니다."

"……"

"이제부터 동료가 된 것이겠죠? 동료와 동료는 서로를 속이지 않는 거라고 알고 있습니다. 특히나 사지에서 함께 뛰어야 할 사람이라면 더더욱."

"끄응."

기스터는 앓는 소리를 냈다.

꽤 비싸 보이는 목걸이였기에 그냥 건네주기가 너무나 아쉬웠던 것이다.

"그냥 네 목숨 값인 셈치고 내가 가지면 안 되겠냐?"

"목숨 값은 훗날에 분명히 치르겠습니다. 소중한 것이니 돌려주시길 바랍니다."

시안의 말에도 기스터는 한참을 고민했다. 오히려 이렇게 되니 목걸이의 가치가 큰 것 같아 선뜻 주기가 싫어졌다.

힐끔 다른 용병들을 보았다.

그러나 그들은 건네주라는 표정을 하고 있었다.

'이 녀석에게 그 정도의 가치가 있단 말이지?'

저들의 표정은 목걸이를 버려 가면서 비위를 맞출 필요가 있다는 의미였다. 시안이 지닌 가치가 그 정도라는 소리이기도 했다.

뛰어난 엔지니어는 뛰어난 라이더보다 귀한 법!

기스터는 눈물을 머금고 목걸이를 건넸다.

"감사합니다."

"젠장. 네 말대로 목숨 값을 해내지 못하면 가만두지 않을 테다!"

기스터는 괜히 큰소리를 치고는 몸을 돌렸다. 멀어지는 그를 내버려둔 채 다른 용병들이 시안에게 몰려들었다.

"이봐, 대체 어디서 기술을 배운 거야?"

"이름이 어떻게 돼?"

"조금 전의 그 철관 연결법 말인데……."

용병단 엔지니어들은 시안을 붙들고 수많은 질문을 쏟아냈다.

비록 용병단에서 일하는 삼류들이라 해도 그들 역시 엔지니어. 기술과 지식에 대한 갈망은 다른 이들과 똑같았다.

시안은 성심성의껏 용병들의 질문에 대답했다. 질문

하나가 끝나면 또 다른 질문이 던져졌지만 시안은 피로함을 느끼지 못했다.

그리고 며칠 후, 용병단의 엔지니어들은 시안을 사부라고 부르게 됐다.

기스터는 힐링 포션을 하나 구해 왔다. 그리고 시안의 발목에 모조리 부었다.

"아……."

그간 시안을 괴롭혔던 통증이 사라졌다. 골절상이 삽시간에 완치된 것이다.

지켜보던 베커스가 휘파람을 불렀다.

"휘유. 우리 대장께서 웬일로 이런 출혈을 감수하시나?"

"흥. 어쨌든 내 휘하의 용병이니 이 정도는 해야지."

"크크크, 이 녀석 몸값이 장난이 아닌 모양이지?"

베커스의 말이 정곡을 찌른 듯 기스터가 움찔했다.

"그래! 그렇다면 어쩔 테냐?"

한껏 쏘아붙여 준 기스터가 시안을 보고 눈을 부라렸다.

"네 녀석, 밥값 못 하면 실력이고 뭐고 없이 노예 시장에 팔아 버릴 테다."

"걱정 마세요."

시안이 피식 웃으며 대답했다.

기스터는 흥 하고 코웃음을 쳤다.

"미리 말해 두지만 전장에선 엔지니어로서의 실력만이 중요한 게 아니다. 각종 마법과 화살, 칼날과 포탄이 빗발치는 게 그곳이야."

"……."

"고치는 능력보다 중요한 건 생존 능력이다. 그걸 잘 알아 두는 게 좋을 거다."

기스터의 말은 전장에서 잔뼈가 굵은 경험자의 그것이었다. 내내 웃고 있던 시안도 이번에는 진지한 표정을 지었다.

"말씀 감사합니다. 꼭 명심하겠습니다."

"흥. 하여간 죽어도 밥값은 하고 죽어라."

기스터는 쌀쌀맞게 쏘아붙였다.

북서쪽의 레오스 접경 지역까지는 그 후로도 일주일가량의 시간이 더 걸렸다.

그 기간 동안 시안이 집중한 것은 자기 단련이었다.

타이탄을 제어함에 있어 가장 중요한 것은 마나.

지난번엔 시안 자신의 마나가 부족하여 위기에 빠졌었다. 또 다시 그런 일을 겪을 수는 없었다.

그러나 마나를 축적하는 자체는 칼리드의 마나 연공법

외에 딱히 좋은 방법이 없었다.

결국 마나 보유량은 시간이 해결할 문제였다.

시안이 주목한 것은 다른 부분이었다.

전투 능력.

지난 전투는 시안의 한계와 가능성을 명백히 드러낸 경험이었다.

시안은 겸허한 판단을 내렸다.

'솔직히 최악이었다.'

어디까지나 드라칸의 능력 덕에 싸움이 됐던 것일 뿐, 자신이 탔던 게 엠퍼러 급만 됐더라도 진즉에 사로잡히거나 죽었을 것이다.

'드라칸.'

시안은 자신의 오른팔을 내려다봤다.

어깻죽지에서부터 주먹이 있는 곳까지 기다란 붉은 문신이 새겨져 있었다. 대마도시대의 기술력이 집약된 마법 문신이었다.

절체절명의 순간, 문신은 한 꺼풀의 껍질을 벗고서 시안에게 지식을 전달했다.

그 덕에 자체 텔레포트 능력을 사용해 위기를 벗어났다.

그러나 아직도 문신에 숨겨진 지식은 무궁무진했다.

스스로의 단련만이 그 베일을 벗길 길이었다.

시안은 기초부터 시작하기로 했다.

언젠가 칼리드가 가르쳐줬던 대로 수련을 시작했다. 검이 없었던 관계로 일단은 적당한 굵기의 나뭇가지를 휘둘렀다.

우연히 그것을 본 베커스가 자신의 목검을 가져왔다.

"이걸 써라. 무게나 밸런스를 생각하면 이편이 훨씬 나을 거다."

"감사합니다."

베커스의 목검을 받아 든 시안은 짬이 날 때마다 목검을 휘둘렀다. 휴식 시간이나 취침 시간이 되면 어김없이 단련을 했다.

나중엔 마차를 탄 와중에도 단련을 했다.

휘두를 수는 없었기에 목검을 수평으로 든 채 버티는 수련을 했다.

"허. 네놈, 무슨 검사라도 될 생각이냐?"

기가 막힌 듯 기스터가 물으면 시안은 그저 웃음만 지어 보였다. 기스터는 시안이 자신의 말을 이해한 거라고만 생각했다.

"뭐, 그렇게 단련하면 전장에서 살아남는 데 도움이 되긴 하겠지. 하지만 그렇다고 네가 베테랑 검사들을 당해 낼 순 없다. 검술보다는 도망치는 법, 혹은 암기술을 익히는 게 훨씬 낫다."

기스터의 말은 분명한 정론이었다. 시안 역시 그 생각에 어느 정도 동의했다.

'확실히 암기술이나 기민하게 움직이는 법 등은 배워 둘 필요가 있다.'

그러나 일단은 검술이 먼저였다.

역시 최후의 순간에 믿을 것은 드라칸인 것이다.

'마나를 쓰는 법까진 바라지도 않는다. 최소한 제대로 된 전투를 벌일 순 있어야 한다.'

시안은 그 일념으로 목검을 휘둘렀다.

사흘쯤 되자 베커스가 본격적으로 관심을 보여 왔다.

"여, 대체 그 자세는 누구에게 교육받은 거냐?"

"동네 아저씨 한 분이 가르쳐 주셨습니다."

검 휘두르는 걸 멈추지 않은 채 시안이 대답했다. 베커스는 묘한 미소를 띤 채로 그 모습을 바라보았다.

힐끔 쳐다보니 비웃음과 감탄이 반반씩 섞여 있었다.

시안은 잠시 목검을 내려놓고 공손히 물었다.

"조언을 경청할 수 있을까요?"

"응?"

"뭔가 부족한 부분을 간파하신 것 아닙니까?"

베커스는 입맛을 다시며 손을 저었다.

"이봐, 그렇게 예의 바른 말은 딴 놈한테나 하라고. 미안하지만 닭살이 돋아서 말이야."

"그러죠. 어디가 구려 보입니까?"

"크크크."

베커스는 한참을 웃었다. 시안의 모양새가 우습긴 우스웠던 모양이었다. 아니면 시안의 말투가 마음에 들었거나.

"아니, 흠, 뭐랄까, 네게 그 자세를 가르쳐 준 사람은 확실히 대단한 사람 같아. 검술이 매우 균형 잡혀 있고 올곧거든."

"그렇지만?"

"간단해. 네게는 안 맞는다는 거지. 네가 검을 휘두르는 자세는 말 그대로 귀족들에게나 어울리거든. 예의 바른 자세야. 네 말투처럼."

"흐음."

시안은 목검을 땅에 꽂고서 고민했다.

칼리드의 검술 자세가 어느 정도 몸에 익었다. 그러나 베커스의 말은 확실히 일리 있었다. 무엇보다 그가 싸울 곳은 전장인 것이다.

베커스는 말을 계속했다.

"굳이 조언이라면 이거다. 자세에 너무 연연하지 마. 적이란 놈들은 네 바른 자세를 그냥 두고 보지 않는다. 별별 상황에서 칼을 휘두를 일이 넘친단 말이지."

"그렇군요."

"어차피 엔지니어인 네가 칼 휘두를 일이 얼마나 있겠냐만."

시안은 미소를 지었다.

"나중에 술 한잔 사겠습니다."

"음, 그건 좋지."

시원하게 대답하는 베커스였다.

✤✤✤✤✤

숲길이 사라지며 드넓은 초원이 드러났다.

회색빛 하늘 아래로 바람이 이따금 불어 황록색 벌판에 물결을 만들었다.

기스터 용병단은 마침내 레오스 접경 지역에 도착했다. 드높은 석벽으로 둘러진 거대 요새가 그들을 맞이했다.

그러나 여장을 풀 여유도 시간도 없었다.

"벨파인 놈들이 남부 전진 기지를 공습했다!"

"놀고 있는 라이더 놈들은 전부 집합해! 내가 직접 기갑 부대를 이끌고 가겠다!"

"뭘 꾸물거리나! 빨리빨리 움직여!"

필리안 왕국 측 본진은 분주하기 짝이 없었다. 아무래도 크고 작은 국지전이 곳곳에서 벌어지고 있는 모양이었다.

"잘됐군."

베커스가 중얼거렸다. 국지전이야말로 용병들에게 가장 편했다. 딱히 전술을 따를 필요도 없고 그저 재량껏 싸우면 되니까.

기스터가 시안을 돌아보며 설명했다.

"우린 필리안 왕국을 도와 벨파인 왕국 놈들을 상대한다. 오래 버틸수록 보수가 늘어나니까 하여간 잘해 보라고."

시안은 고개를 끄덕였다.

'필리안 왕국이라.'

이곳은 아이넬의 나라였다.

시안은 무심결에 목걸이를 손에 쥐었다. 열리지 않는 펜던트가 걸려 있는 목걸이. 그것을 만지고 있으니 왠지 마음이 진정됐다.

곧 왕국 측 병사 한 명이 다가왔다. 손에는 서류철이 하나 들려 있었다. 아마 용병단의 이름이 기록된 파일인 모양이었다.

"소속이 어떻게 됩니까?"

"기스터 용병단이오."

"기스터, 기스터…… 여기 있군요. 용병단 구성이 어떻게 됩니까?"

"라이더 다섯에 엔지니어 넷, 마법사 세 명에 웨건 급 타이탄이 여섯 대, 워커 급과 솔저 급 타이탄이 각각 세 대씩 있소. 전투병은 창병과 궁병을 합쳐 모두 서른 명이오. "

"워커 급과 솔저 급이······."

연필을 끼적거리던 병사가 이내 셈을 마쳤다.

"보수는 한 달에 사천팔백오십 골드요. 매달 말일에 와서 보수를 받아가도록 하시오."

"나쁘지 않구먼."

기스터는 샐쭉 웃었다.

웃음이 지어질 정도로 확실히 만족스러운 보수였다.

그러나 시안은 다른 의미로 웃음을 지었다.

'내 월급 정도로군.'

그간은 딱히 돈 쓸 일이 없어 몰랐는데 확실히 베이탈 아카데미에서 엄청난 대우를 해 줬다는 게 이제야 실감 났다.

그만큼 실력 있는 타이탄 엔지니어는 최고의 인력인 것이다.

기입을 마치자마자 기스터 용병단에 출진 명령이 떨어졌다. 어지간히도 병력이 부족했던 모양이었다.

목표는 남부 전진 기지였다.

"허, 오자마자 출진이라."

"자식들이 비싼 티를 내는군."

용병들이 한마디씩 던졌다.

전장에서 꽤나 잔뼈가 굵었을 텐데도 그들의 얼굴엔 씻을 수 없는 긴장감이 느껴졌다. 목숨 걸고 하는 일이니 그럴 만도 했다.

출진 자체는 올 때와 다를 게 없었다.

올 때와 같은 식으로 마차나 타이탄에 탑승해 이동했다.

시안은 마차에 앉은 채 낮게 심호흡을 했다.

단전이 뜨겁게 달아오르는 게 느껴졌다. 동시에 머릿속은 차갑게 식었다. 결과적으로 몸을 누르던 긴장감이 사라졌다.

체내의 마나가 활성화됐다.

'좋았어.'

몇 차례의 위기를 거치며 시안은 의도적으로 마나를 활성화할 수 있게 됐다. 마나의 축적량이나 체력도 예전과는 비교할 수 없을 정도였다.

본인은 의식하지 못했지만, 지금의 시안은 소드 익스퍼트의 경지에 다다르기 직전이었다.

이는 모두 그간의 오랜 노력, 그리고 생사를 넘나드는 경험 덕분이었다.

덜컹덜컹!

"이런 젠장맞을."

포장된 도로가 아니다 보니 마차는 쉴 없이 흔들렸다. 그럴 때마다 기스터가 한마디씩 욕을 했다.

그러다가 문득 생각난 듯 무언가를 뒤로 건넸다.

"시안, 이거 받아라."

그게 뭔지는 시안도 잘 알고 있었다. 마나 폭탄과 날이 잘 선 숏 소드였다.

"사용법은 대강 알고 있지? 마나 폭탄은 꽤 비싼 거니까 조심해서 써라. 지급해 주는 건 이번뿐이니 다음부터는 네가 사서 쓰고."

"감사합니다, 기스터 씨."

"흥. 배틀 엔지니어라면 그 정도 호신용 무기는 지니고 있어야지. 네가 그냥 뒈져 버리면 내가 투자한 돈을 돌려받을 수가 없잖으냐."

"하하하."

제법 긴박한 상황인데도 웃음이 나왔다.

시안은 숏 소드와 마나 폭탄을 허리춤에 채웠다. 그러고 나니 새삼 전장에 들어왔다는 게 실감이 났다.

"배틀 엔지니어."

시안은 그 이름을 나직이 중얼거렸다.

단순히 타이탄 정비에서 그치지 않고 전투에까지 개입하는 엔지니어.

그 공격 형태는 적의 타이탄 자체를 해체하는 것이었다.

물론 시간과 물량의 한계가 있는 만큼 그 해체는 대개 흉부에 집중됐다. 그리고 최소 1분 이상의 시간이 걸리는 만큼 성공률도 낮았다.

그러나 성공만 하면 대박이었다.

'적의 타이탄을 포획할 수 있는 것이니까.'

최하 랭크인 웨건 급 타이탄도 수백 골드를 가볍게 호가했다. 워커 급이나 솔저 급, 혹은 그 이상은 말할 것도 없었다.

그걸 포획한다면 정말 엄청난 일이었다.

어느새 그들의 앞으론 남부 전진 기지가 보이고 있었다.

이미 상당한 공격을 받았던 듯 전진 기지에선 연기가 피어오르고 있었다.

"젠장, 이미 함락당한 것 아니야?"

기스터가 그렇게 중얼거리는 찰나.

피리리리……!

피리 부는 듯한 소리가 울렸다.

대다수 용병들은 어리둥절한 얼굴을 했다.

시안만이 미간을 찌푸리며 이를 악물었다. 잊으려야 잊을 수 없는 소리였다.

"포격입니다!"

"뭣……?"

기스터가 기겁하는 동안 시안이 그를 붙들고 뛰어내렸다.

두 사람은 논 비탈을 굴렀고, 잠시 후 마차 위로 포탄이 떨어져 내렸다.

콰과과광─!

"으아악!"

기스터는 비명을 질렀다. 엄청난 굉음만으로도 절로 비명이 터져 나왔다.

다행한 건 두 사람이 탄 마차만 직격을 맞았다는 것이었다. 다른 마차들과 타이탄들엔 큰 피해가 없었다. 아무래도 포격용 타이탄이 한 기뿐인 듯했다.

"타이탄에 탑승해!"

"나머지는 사방으로 흩어져! 재차 포격이 가해질 거다!"

용병들이 분주히 움직였다. 그러는 새 허공에서는 두 번째 포격이 날아들고 있었다.

"위험……!"

시안이 소리치려는 순간 용병단 소속 마법사들이 나섰다.

세 마법사는 약속이라도 한 듯 허공을 향하여 양팔을

내밀었다.

"배리어(Barrier)!"

허공 위에 반투명한 장막이 생겨났다. 무서운 기세로 날아들던 포탄이 배리어에 부딪치곤 폭발해 버렸다. 그 파편이 땅으로 떨어졌지만 큰 피해는 없었다.

"휴우."

시안은 가슴을 쓸어내렸다.

그때 솔저 급 타이탄인 베놈(Venom)이 시안의 앞으로 다가왔다. 베놈에서부터 익숙한 목소리가 들려왔다.

베커스였다.

"이봐, 엔지니어! 아무래도 적은 서편 숲 너머에 있는 것 같다. 지금부터 해치우러 갈 생각인데, 밥값 한번 해 보지 않겠나?"

"가 보죠!"

베커스가 팔을 내밀었다. 시안은 지체 없이 그 위에 올라탔다.

시안을 태운 베놈이 숲을 향해 돌진했다.

Chapter 10

배틀 엔지니어

필리안 왕국은 삼국 연합 중 하나인 벨파인 왕국과 오랜 전쟁을 지속해 오고 있었다.

이유는 레오스 지역의 철광산.

양질의 타이타니움을 보유한 광산은 일국의 값어치에 비견되는 게 현실이다. 때문에 이를 차지하기 위한 두 국가의 전쟁은 치열하게 지속되고 있었다.

얼마 전까진 레오스 대부분이 벨파인 왕국의 차지였다.

그러던 게 지난 유적의 발견 이후 상황이 바뀌었다.

연합군에 병력을 빼돌린 만큼 레오스 지역의 병력이 줄었고, 필리안 왕국은 열세를 극복할 수 있었다.

덕분에 현재 상황은 백중세.

그런 상태로 곳곳에서 국지전이 일어나고 있는 것이었다.

쿠르르릉!

베놈은 나무가 빽빽한 숲을 거의 부수다시피 하여 돌파하고 있었다. 덕분에 그 반동은 어지간해선 견디기 힘들 정도였다.

시안은 자세를 낮추고서 베놈의 손가락을 꽉 붙들었다. 마나가 활성화된 덕에 그럭저럭 버틸 수 있었다.

쉬릭!

그때 숲에서 매복 중이던 병사들이 나타났다.

나무 위에서 뛰어내리는 기습!

몇 개의 마나 폭탄이 베놈을 향해 날아왔다.

"흥!"

베커스는 가볍게 코웃음을 치더니 작은 나무 하나를 붙들었다. 그리고 그대로 뽑아 들어선 날아드는 마나 폭탄을 향해 휘둘렀다.

마나 폭탄은 활성화된 마나에만 반응한다.

그러나 큰 충격을 받으면 자체 폭발하기도 한다.

콰콰콰아앙!

마나 폭탄이 연쇄적으로 폭발했다. 허공에서 터진 까닭에 베놈보다도 매복한 병사들의 피해가 더 컸다.

"타앗!"

베커스는 속도를 올렸다. 폭발 때문에 정신을 못 차리고 있는 병사들을 지나쳐 달렸다.

이내 몇 기의 워커 급 타이탄이 나타났다. 베놈의 상대는 아니었지만 이런 데서 시간을 지체할 순 없었다.

"마나 폭탄을 던져!"

베커스가 외치기 전에 시안은 이미 마나 폭탄을 꺼내 들고 있었다.

휙!

투척된 마나 폭탄이 타이탄에 부착됐다.

콰앙!

위력은 작았지만 타이탄을 휘청거리게 하는 데엔 충분했다. 베커스는 그 틈을 놓치지 않았다.

베놈은 밀어차기로 그 타이탄을 넘어트렸다. 우선 주무기인 삼지창을 박아 넣은 다음 곧바로 뽑았다. 흉부를 찌른 것인 만큼 라이더는 절명했을 터. 나머지 타이탄들을 상대하는 데에도 많은 시간이 걸리지 않았다.

베커스는 단숨에 처리하고서 걸음을 재촉했다.

얼마 달리지 않아 숲속 공터에 배치된 타이탄이 나타났다.

"샤프 슈터!"

테일란 왕국의 상징과도 같은 타이탄. 아무래도 공수

해 왔거나 벨파인 측 용병단이 구입한 모양이었다.

"이얍!"

베커스는 달리던 관성 그대로 몸을 날렸다.

베놈의 육중한 육탄돌격에 샤프 슈터는 미처 반응하지 못하고 휘청거렸다.

시안은 반사적으로 몸을 날렸다.

그리고 샤프 슈터의 흉부에 매달렸다.

왼팔로 흉부를 짚고서 오른손으론 정비 기구를 꺼냈다. 개폐 장치의 틈에 기구를 끼워 넣은 다음 빠른 손놀림으로 연결 부위를 느슨하게 만들었다.

마지막으로 주먹을 한 대 내려치자 흉부가 스르르 개방되었다.

"큭, 네놈!"

탑승 중이던 라이더가 검을 뽑아 들었다.

시안도 허리춤의 숏 소드를 뽑았다.

"죽어라!"

소량의 소드 오러가 실린 칼날이 시안을 향해 휘둘러졌다. 힘과 속도의 균형이 잘 잡혀 있는 교과서적인 검격이었다.

그 순간 시안은 베커스의 말을 떠올렸다.

'이곳은 전장!'

시안은 순간적으로 기지를 발휘했다. 냉큼 아래로 뛰

어내려 검을 피했던 것이다.

결과적으로 라이더의 몸은 균형을 잃고 아래로 떨어졌다.

이미 착지해 있던 시안은 볼썽사납게 굴러 떨어진 라이더의 몸에 검을 박았다.

"커억."

소드 익스퍼트 하급쯤으로 보이는 라이더는 가볍게 절명했다.

"미안하지만 전쟁은 대련과는 다르거든."

시안은 샤프 슈터의 다리를 타고 올라 개폐 장치를 다시 손봤다.

그러자 얼마 되지 않아 다시 정상적으로 작동하게 됐다.

베커스가 말했다.

"아무래도 라이더가 따로 올 상황은 아닌 것 같군. 근방 숲에 적이 쫙 깔렸을 테니 되도록 빨리 빠져나가야겠다."

"그렇겠군요."

"그래서 말인데, 타이탄 조종할 줄 아냐? 모르면 그냥 파괴해야겠다."

한 기의 수천 골드도 호가하는 게 솔저 급 타이탄이다. 그걸 파괴하겠다고 말하면서도 베커스는 딱히 아쉬워하지 않았다. 목숨이 제일 소중하다는 걸 잘 알고 있는 까닭이었다.

어차피 가져가지 못할 바엔 부수는 게 나았다. 놓고 가 봐야 적의 전력만 될 테니.

그러나 시안은 되물었다.

"둘 다 타이탄을 타고 빠져나가는 편이 가장 안전하겠죠?"

"응? 뭐, 그거야 그렇지."

시안은 지체 없이 샤프 슈터에 올랐다.

"대강 움직이는 정도는 압니다."

"잘됐군. 그럼 우선 빠져나가자!"

두 타이탄은 온 길을 되돌아 나갔다.

숲에는 불이 붙고 있었다.

아까 전 폭발한 마나 폭탄 때문이었다. 사방에서 산짐승과 병사들이 도망치는 게 보였다.

우르릉!

하늘에서 번개가 쳤다. 안 그래도 우중충하던 하늘이었는데 한바탕 소나기를 내리려는 모양이었다.

"시원하긴 하겠군."

베커스가 나직이 중얼거렸다.

두 사람은 남부 전진 기지로 향했다. 다른 용병들은 이미 전투를 하고 있었다.

시안은 적당한 거리에서 멈췄다.

"후우."

샤프 슈터의 포신을 조준했다. 마침 워커 급 타이탄인 스파이더(Spider)가 전진 기지의 벽을 기어오르는 게 보였다.

퍼엉!

조준된 탄환이 스파이더를 향해 날아갔다.

몇 초 뒤 스파이더의 장갑 위로 새빨간 불꽃이 피어났다. 스파이더의 거체가 아래로 굴러 떨어졌다.

베커스의 베놈은 전진 기지 앞쪽으로 향했다. 앞서 와 있던 기스터 용병단원들과 합세해 벨파인 측 타이탄을 몰아냈다.

시안은 길가에 몸체를 고정시킨 채 몇 차례의 포격을 날렸다.

처음 해 보는 것이었지만 적중률이 꽤 좋았다. 원체 샤프 슈터의 명중률이 높았기에 가능한 일이었다.

포격을 당한 벨파인 측 라이더들은 당황했다.

"크윽, 이게 무슨?"

"샤프 슈터다! 필리안 놈들이 샤프 슈터를 빼앗았다!"

본디 자신들의 것이었던 타이탄에 공격을 받는다. 그만큼 어이없고 이 갈리는 일도 없었다.

배틀 엔지니어의 힘이었다.

"일단 후퇴! 모두 물러난다!"

"후퇴하라!"

벨파인 측 병력이 물러나기 시작했다. 전진 기지가 함락되기 직전의 일이었다.

"와아아아!"

전진 기지의 병사들이 무기를 치켜들고 환호성을 질렀다. 용병들도 병사들도 포효하는 모습은 매한가지였다.

"휴우."

시안은 나직이 숨을 내쉬었다.

처음 겪는 전장이 아니었지만 직접 참여한 전투에서의 승리는 이번이 처음이었다.

전후 정리가 곧바로 이어졌다.

기스터는 시안이 포획한 타이탄을 보고는 입이 귀 아래까지 걸렸다.

"이, 이게 뭐냐? 솔저 급 타이탄 아니야?"

"샤프 슈터. 테일란 왕국의 명물이죠."

"장거리 포격용 타이탄!"

기스터는 헤벌쭉 걸리는 웃음을 애써 가라앉혔다. 전시 중에 시안이 포획한 것인 만큼 샤프 슈터의 우선 소유권은 시안에게 있었다.

"흠흠, 시안. 저기, 그게 말이다……."

기스터의 의도를 눈치챈 시안이 먼저 말했다.

"용병단 소속 타이탄으로 해 두죠. 어차피 저 혼자 갖고 다닐 수도 없으니."

"흐흐, 고맙다!"

기스터는 그제야 마음껏 웃었다.

기스터 용병단은 그 후로도 쭉 남부 전진 기지의 방어를 맡았다. 한차례 공세를 막긴 했지만 남부 기지는 여전히 필리안 측 약점이었다.

하루가 멀다 하고 전투가 벌어졌다.

시안은 내내 후방 지원을 맡았다. 타이탄 엔지니어가 부족한 만큼 정비를 도와야 했다.

때문에 위험한 전방에 나서지는 않았지만 타이탄을 포획할 일도 없었다. 그렇다고 그런 것에 아쉬움이나 안도를 느낄 새도 없었다.

전장의 엔지니어는 아카데미의 엔지니어와는 차원이 달랐다.

실력은 물론 떨어졌다.

그러나 응용력이나 임기응변은 한 수 위였다.

아카데미의 엔지니어에겐 거의 무한정의 부품이 주어지지만 전장의 엔지니어는 언제나 부품 부족에 시달렸다.

필요한 경우엔 이미 수명이 다 된 것도 사용했다. 조금 흠이 간 것은 신경도 쓰지 않았다.

시간 역시 촉박했다.

매일이 전투의 연속인 만큼 수십 기의 타이탄을 반나

절 내에 고쳐야 했다. 밤을 새우는 것은 기본. 사흘 내내 한숨도 못 잔 경우도 있었다.

그러면서 이런저런 요령을 익혀 갔다. 나름의 보람과 성취감도 있었다.

그러나 계속 그러고만 있을 순 없었다.

시안은 결국 기스터를 찾아갔다.

"전장에 나서고 싶다고?"

"예, 실전 경험을 하고 싶습니다."

가만히 들으면 부잣집 도련님의 철없는 소리만 같았다. 전장의 영웅이 되고 싶어 하는 멍청이들은 세상에 널렸다.

그러나 시안은 그런 부류가 아니었다.

"죽고 싶어 안달이 난 건 아닐 테고, 뭔가 이유라도 있냐?"

"난 강해져야 합니다."

"강해져야 한다?"

"그렇습니다."

기스터는 시안의 말을 곱씹었다. 간단한 한마디임에도 진정성이 느껴졌다.

그러고 보면 시안과 처음 만났을 때도 그랬다. 그때 시안의 상처나 행색은 누군가에게 쫓기는 모양새였었다.

물론 그 사정은 기스터가 알 바가 아니었다.

'뭐, 녀석이 타이탄을 더 포획해 오면 나야 좋은 일이

지.'

샤프 슈터를 들여온 뒤로 워커 급 타이탄을 한 대 팔았다. 어차피 라이더 수가 한정됐으니 굳이 지니고 있을 필요가 없었다.

그 돈으로 용병들 모두가 며칠간 호사했다. 전부 시안 덕분이었다.

그런 시안의 부탁을 못 들어줄 것도 없었다.

"알겠다."

시안의 얼굴이 밝아졌다.

"대신 웬만하면 죽지 마라. 네 녀석이 죽으면 며칠 배가 쓰릴 것 같거든."

"언제는 밥값 하고 죽으라면서요?"

"흥! 이미 밥값은 했으니 하는 소리 아니냐."

심통을 부리는 기스터를 보며 시안은 피식 웃었다.

"걱정 마세요. 내 스스로를 위해서도 여기서 죽을 생각은 없습니다."

"그럼 다행이고. 하여간 영웅놀이를 하거나 폼이나 재려고 너무 앞으로 나서지 마라. 잘난 놈일수록 난도질당하기 쉬운 법이다."

진심과 경험이 묻어 있는 말에 시안은 고개를 끄덕였다.

"알겠습니다."

이튿날부터 시안은 전선에 배치됐다.

본격적인 배틀 엔지니어로서의 행보를 시작한 것이었다.

다른 용병단의 용병들과 정규군 병사들 몇 명이 시안의 호위를 맡았다. 공식적으로는 시안이 그들의 소대장이 된 것이었다.

"허허, 이런 어린 녀석이 우리 리더라고?"

"으하하, 이젠 정말 별별 녀석이 다 나오는군. 필리안 왕국에 사람이 없긴 없는 모양이야."

"크크크."

용병들이나 병사들이나 시안을 비웃는 데 여념이 없었다. 시안은 굳이 그들의 시비를 받아 줄 필요가 없다고 생각했다.

"흥! 말도 할 줄 모르냐?"

"사내자식이 자존심도 없는 모양이군."

비웃는 게 안 통하자 비아냥거리기 시작했다. 그러나 그것도 시안이 무시하니 시들해졌다.

"쳇."

"하여간 얼마나 잘하는지 지켜보겠다."

결국은 그렇게 말하고 마는 소대원들이었다.

시안의 소대는 기습 작전에 동원됐다. 전진 기지를 노리고 들어오는 적 타이탄들을 우측에서부터 기습, 포획하는 것이었다.

웨건 급 타이탄에 탄 소대원들이 능선에 올랐다.

고지에 다다른 다음에야 시안이 입을 열었다.

소대에 배치된 후 처음이었다.

"간단히만 말해 두겠습니다."

소대원들이 시안을 보았다. 워낙 말이 없었던지라 한 번 입을 여니 자연히 집중됐다.

"일 분. 정확히 일 분만 벌어 주시면 됩니다. 일 분만 주어진다면 어떤 타이탄이든 가슴팍을 드러내게 만들겠습니다."

"일 분이라고?"

"말도 안 되는 소리를……."

소대원들은 시안을 불신하는 눈치였다. 그럴 만도 한 게, 방해 없이 해체한대도 1분은 턱없이 부족한 시간이었다.

하물며 사방에서 난리가 나는 전장이라면?

말할 것도 없는 것이다.

시안은 자신 있는 미소만 지어 보일 따름이었다.

"못 믿어도 좋습니다. 그러나 일단 기회만 만들어 주시면 반드시 여러분 모두 타이탄 한 기씩을 가질 수 있도록 해 드리죠."

"허."

이번엔 더더욱 기가 찬 말이었다. 소대원 숫자만 10명이 넘어가는데 그 모두에게 타이탄 한 기씩을 주겠다니.

허풍도 이 정도면 감탄스러웠다.

"그 약속, 못 지키면……."

내내 입을 닫고 있던 소대원이 입을 열었다. 얼굴이 흉터투성이인 사내였다.

"죽는다."

다른 소대원들이 마른침을 꿀꺽 삼켰다.

흉터쟁이의 이름은 프레독. 인간 백정이란 소문이 일 정도로 흉흉한 사내였다.

그렇다고 평소 행실이 불량한 건 아니었다. 사교적이지 못한 걸 빼면 오히려 얌전한 편에 속했다. 그저 인상이 흉흉해 아무도 가까이 가지 못할 뿐.

기실 인간 백정이란 것도 전장에서의 활약 덕분에 붙은 것이었다.

시안은 그를 똑바로 쳐다보았다. 프레독의 눈에 한순간 이채가 어렸다.

"이름이 어떻게 되십니까?"

"프레독이다."

"좋습니다, 프레독 씨."

몇몇 소대원들이 움찔했다. 지금껏 프레독에게 저렇게 당당한 놈은 처음 보았다.

시안은 담담한 표정으로 말을 이었다.

"첫 타이탄은 당신에게 드리겠습니다."

"……"

"이 정도면 되겠습니까? 혹시 이에 불만이 있는 분 계십니까?"

아무도 입을 못 열었다. 그 정도로 프레독의 악명은 대단했다.

프레독은 나직이 혀를 찼다.

"원래 그렇게 허풍떠는 것을 좋아하나?"

"내 자신을 믿을 따름입니다. 또한 여러분을 믿기 때문이고요."

"믿는다고?"

"여러분이 일 분의 시간만 벌어 주시면 가능한 일입니다."

잠시 침묵하던 프레독이 낮게 으르렁거렸다.

"그 약속, 지키지 않으면 팔을 하나 자르겠다."

"만일 지킨다면?"

"……네게 충성을 바치겠다. 어차피 좋든 싫든 네놈이 우리 소대장이니까. 이 정도면 되겠나?"

"그럼 그렇게 하죠."

시안이 말을 마칠 때쯤 입을 여는 소대원은 없었다.

그들은 오히려 순진한 편이었다. 어린 소대장을 비웃고 비아냥거리는 게 할 줄 아는 것의 전부였으니까.

그러나 프레독은 달랐다. 최소한 그들이 생각하기엔

그랬다.

'쯧쯧, 어린 녀석이 허풍 떨다가 팔 잘리게 됐군.'

'에휴, 이게 무슨 일이래.'

그들이 속으로만 구시렁거리는 사이 고지대 아래에선 양군의 타이탄들이 맞붙고 있었다.

시안은 이채가 어린 눈으로 그 모습을 보았다.

'이것이 타이탄, 거신들의 전쟁!'

수많은 타이탄들을 보았다.

저 아래의 싸구려들보다 훨씬 뛰어난 것들도 보았고 전설적인 엠퍼러 급 타이탄을 눈앞에서 보았다.

게다가 에인션트 급 타이탄을 소유하고 있기까지 한 시안이었다.

그러나 이처럼 높은 곳에서 한눈에 내려다보는 건 처음이다.

게다가 등급 낮은 솔저 급과 워커 급 사이의 전투였지만, 그 치열함은 고위 타이탄들보다 더했다.

실로 장관이었다.

전세는 어느 쪽의 우위를 점치기 힘들었다. 말 그대로 엎치락뒤치락하고 있었다.

유심히 내려다보던 시안이 문득 입을 열었다.

"가 보죠."

소대원들이 시안을 보았다. 하나같이 황당무계하다는

표정.

그들의 생각으론 지금 뛰어들어선 밟혀 죽기 딱 좋았다.

"좋은 생각이라도 있나?"

프레독이 물었다. 때문에 아무도 입을 열지 못했다.

시안은 침착하게 대답했다.

"룬 스톤의 에너지 저장량이 절반쯤으로 떨어졌을 시점입니다. 타이탄이 장기간 전투에 돌입할 경우 대개 이때쯤 자체적으로 에너지 소모를 줄입니다. 그 결과 평소보다 움직임이 조금 느려지게 되죠."

"그렇다면 더 기다리는 편이 낫지 않나?"

"아뇨. 조금 있으면 느린 움직임에 라이더들이 적응하게 됩니다. 평소와 현재에 괴리감을 느끼고 있을 지금이 적기입니다."

프레독은 고개를 끄덕였다. 다른 소대원들도 그저 멍한 얼굴만 했다.

"가죠."

시안이 재차 명령했다.

그들이 탄 웨건 급 타이탄이 비탈을 타고 내려갔다.

쿠르르르!

울퉁불퉁한 비탈에 타이탄이 마구 흔들렸다. 소대원 대부분이 불편한 흔들림에 눈살을 찌푸렸다.

시안은 그 와중에도 주변을 살폈다. 혹시나 모를 기습,

예기치 못한 상황에 대비하기 위해서였다.

'항상 조심하고 또 조심해야 한다.'

아카데미를 떠나온 후 연달아 닥쳤던 위기는 시안의 마음을 단련시켜 놓았다. 더불어 마나 활성화는 집중력과 담력을 강화시켰다.

게다가 드라칸의 존재도 있었다.

'드라칸이 나와 함께한다.'

마나 문신은 오른쪽 어깻죽지에서부터 주먹에 이르기까지 새겨져 있었다. 그리고 시안이 마음을 다잡을 때마다 공명하여 빛을 발했다.

지금은 붕대로 칭칭 감아 놓은 상태.

그러나 따스한 감각만은 여전했다.

'마치 내게 용기를 북돋아 주는 것 같다.'

덜컹!

그들이 탄 타이탄이 마침내 평지에 도달했다. 바로 몇 걸음 떨어지지 않은 곳에서 타이탄들이 치열하게 싸우고 있었다.

시안은 재빨리 타이탄들을 훑었다.

공략하기에 알맞은 타이탄을 물색하고선 명령했다.

"저쪽으로!"

일방적으로 아군 타이탄에게 밀리고 있는 적군 타이탄이었다.

게다가 아군 타이탄의 모양새가 매우 낯익었다.

여유가 있었던 아군 타이탄이 시안 쪽을 힐끔 보았다. 익숙한 목소리가 흘러나왔다.

"시안이냐? 전방 배치될 예정이라더니 정말이었군."

타이탄은 바로 베커스의 베놈이었다.

"포획하겠습니다. 지원해 주세요!"

"알았다!"

베커스는 적 타이탄을 몸통 박치기로 밀쳐냈다. 시안 소대의 웨건은 비틀거리는 타이탄을 향하여 내달렸다.

그때 소대원 하나가 목소릴 높였다.

"기마병이다!"

전투는 타이탄들만이 하는 게 아니었다. 적군에도 시안과 같은 배틀 엔지니어들이 있었고 그들을 호위하는 병력도 있었다.

혹은 그들을 제거하기 위한 병력도.

궁기병들이었다.

크로스보우를 든 일단의 기마병들이 시안 쪽을 향해 돌진해 왔다. 고지대에서 내려오는 걸 보고 곧장 온 모양이었다.

시안은 소대원 중 한 명에게 눈짓을 했다.

소대 내 유일한 마법사였다. 그가 팔을 펼쳐 궁기병들을 겨냥했다.

"그리스(Grease)!"

순간 궁기병들이 내달리던 지면의 마찰 계수가 0이 되었다.

말들이 미끄러지며 궁기병들을 낙마시켰다.

다른 소대원들이 그곳으로 달려가 검을 내리찍었다.

베놈을 상대하던 타이탄이 그제야 시안 소대를 발견했다. 그 목적을 눈치챈 타이탄이 시안을 향해 돌아섰다.

시안은 웨건에서 내렸다.

피할 생각 없이 오히려 타이탄을 향해 힘껏 달렸다.

"죽어라!"

타이탄이 검을 내찌르려는 순간, 몇 개의 마나 폭탄이 투척되었다.

콰과과광!

연달은 폭발에 타이탄이 휘청거렸다. 심대한 타격은 주지 못했지만 한순간 움직임을 멈추는 데엔 성공했다.

시안은 그 틈에 타이탄에 매달렸다.

'최대한 빨리 끝낸다!'

순간 단전에 열기가 뭉쳤다. 뇌에 청량감이 감돌며 몸의 피로가 완전히 사라졌다. 시안의 집중력이 극대화됐다.

왼팔로 매달린 채 오른팔로 작업을 시작했다.

철컹!

얼마 지나지 않아 개폐 장치가 덜컥 열렸다. 너무나

빠른 작업 속도에 탑승 중이던 라이더는 기가 막힌 표정이었다.

"뭐, 이런…… 킄!"

라이더가 가슴을 부여잡고 쓰러졌다. 궁기병에게서 크로스보우를 빼앗은 프레독이 쏴 갈긴 것이었다.

시안은 개폐 장치를 다시 손본 다음 내려섰다.

"이 정도면 됐습니까?"

소대원들은 감탄한 표정을 지우지 못했다. 그 와중에도 무표정을 유지하고 있는 건 프레독 한 사람뿐이었다.

그의 입이 열렸다.

"약속은 약속. 앞으로는 충성을 다하겠소."

시안은 쓴웃음을 지었다.

"그럴 필요까진 없습니다. 말투 역시, 존대는 제가 오히려 대하기 어려우니 편하게 하세요."

"그러지. 하지만 충성을 다하겠다는 약속만은 반드시 지키겠다."

프레독은 그렇게 말하며 타이탄에 올랐다.

시안은 그의 뒷모습을 바라보다 다른 소대원들을 돌아봤다.

"자, 그럼 다음 목표를 향해 움직이죠."

유적 전쟁이 일단락된 지금 대륙은 비교적 평화로웠다. 물론 수많은 군웅들이 각각의 야심을 품고 있는 일시적 평화일 뿐이었지만.

어쨌든 지금도 갈등이 이어지는 지역은 몇 군데 되지 않았다.

레오스 지역은 그 몇 안 되는 곳들 중 하나였다. 그리고 그중에서 가장 많은 풍문을 만들어내고 있었다.

레오스 전쟁의 향방은 드라마틱했다.

본디 벨파인 왕국의 일방적인 우세였으나 현재 상황은 백중지세. 그러는 가운데 몇몇 영웅들이 탄생하고 쓰러졌다.

그중엔 한 배틀 엔지니어의 이야기도 있었다.

"가히 천재적인 실력이라더군요. 한번 마음먹으면 해체 못 할 타이탄이 없고 그의 손을 거치면 싸구려 타이탄도 몇 배의 위력을 발휘하게 된다고 합니다. 아마도 소문이다 보니 과장된 면도 약간 있어 보입니다만, 실력 있는 엔지니어임은 분명해 보입니다."

녹턴 자작이 조심스레 보고서를 읽어 내렸다.

크로고스 백작은 차를 음미하며 침묵했다.

"중요한 건 다음입니다. 그 엔지니어가 약관의 나이라더군요."

"……."

"검은 머리칼과 수척한 인상. 전장보다는 학술원 같은 곳이 어울릴 얼굴이랍니다."

내내 침묵하던 크로고스 백작이 입을 열었다.

"자네는 시안을 만나 보았지."

"그렇습니다."

"어떻던가? 보고서의 내용과 일치하나?"

"거의 정확합니다."

사실 녹턴 자작은 놀라고 있었다. 끝까지 추격하겠노라 소리쳤었지만 설마 그 급류에서 시안이 살았을 거라곤 생각하지 않았다.

그런데 죽은 줄 알았던 시안이 나타났다. 멀리 떨어진 북부의 전장에서.

약간이지만 팔뚝 위로 소름이 돋았다.

"정말 끈질긴 녀석이로군요."

"……."

"제게 명령을 내려 주십시오. 당장 북부로 향해 녀석을 제거하고 돌아오겠습니다."

"자신 있는가?"

"고작 엔지니어 하나를 제거하는 일일 뿐입니다. 동행도 필요 없습니다. 저 혼자서 단숨에 해치운 뒤 놈의 목을 가져오겠습니다."

"고작 엔지니어 하나라."

녹턴 자작을 바라보는 크로고스 백작의 눈이 일순 날카로워졌다.

"자넨 이미 한 번 실패했지."

"그, 그건……."

녹턴 자작은 말끝을 흐렸다.

백작의 말이 옳았다. 이미 그는 한 번의 기회를 날려 버렸다. 잊고 있던 자괴감이 고개를 쳐들었다.

"죄송합니다, 백작님."

"사과를 듣고자 함이 아니야. 오히려 나는 그 일이 다행스런 것이었다고 생각하고 있네."

"예?"

녹턴 자작의 얼굴에 의아함이 깃들었다.

백작가의 장자인 오스트 베인을 능멸한 녀석이었다. 오히려 아이넬 필리안 공주보다도 죄질이 크다고 할 수 있었다.

최소한 얼마 전까진 그랬다.

"나에 대한 이야기는 자네도 들었겠지?"

"예? 아아."

크로고스 베인 백작의 주가는 지금 최고조였다. 무엇보다도 인심이 그를 지지하고 있었다. 유적 전쟁에서의 일전 때문이었다.

'백작님의 눈부신 분투가 모두의 마음을 흔들었다.'

아들을 위해 사투를 벌인 백작. 철혈의 사나이임에도 가족을 위해선 목숨을 내던지는 남자.

현재 크로고스 백작에 대한 평은 그러했다.

따지고 보면 모두 시안 덕분이었다. 시안으로 인해 오스트가 타이탄 레이스에 패배했고, 결국 발굴단을 따라나섰던 것이니까.

악운이 행운으로 돌변한 셈이었다.

덕분에 제국 내에서 크로고스 백작의 발언권이 더욱 커졌다.

'어쩌면 상위 작위를 받으실 수 있을지도……!'

본디 그간의 공을 생각해 보면 공작 위를 받았어도 이상할 게 없었다. 그럼에도 크로고스는 백작으로 남아 있었다.

이는 모두 제국의 여섯 후작 때문이었다.

그들이 합심하여 크로고스 백작을 견제했던 것이다.

그간의 인심 역시 크로고스 백작을 돕지 않았다. 아무래도 공작 위를 얻기엔 너무 위험한 인물이란 게 사람들의 생각이었다.

그러나 이젠 모든 게 변했다.

"그렇다면 백작님께선……."

"우선은 폐하께 말씀을 드려 볼 생각이다."

녹턴 자작의 얼굴에 감동이 벅차올랐다. 그가 신처럼

받드는 존재가 지금 만인지상의 자리에 올라서려 하고 있었다.

크로고스 백작이 말을 이었다.

"그런 만큼 굳이 시안을 자네가 제거할 필요까진 없을 듯하군. 필요하다면 내가 차후에 결정하겠네."

"알겠습니다, 백작님!"

"음, 그럼 가 보도록."

녹턴 자작은 그 어느 때보다 정성을 담아 경례를 하고선 백작의 방을 나갔다.

그가 사라진 자리를 바라보는 크로고스 백작의 눈이 빛났다.

"……."

기실 그가 모든 이야기를 해 준 것은 아니었다.

녹턴 자작에게 시안의 처리를 맡기지 않은 이유는 오히려 따로 있었다.

'시안은 급류에 빠졌다고 했다. 그 급류는 유적의 하층부 가까이를 흐르고 있었다. 그리고 정체불명의 흑색 타이탄은 유적을 뚫고서 등장했다.'

녹턴 자작은 그 세 가지 사실을 조합하지 못했다. 시안에 대한 선입견이 있었던 까닭이다.

그러나 크로고스 백작은 달랐다.

필요하다면 말도 안 돼 보이는 경우도 인정할 수 있었다.

게다가 그가 들어 온 시안에 대한 이야기는 결코 무시할 수 있는 게 아니었다. 오히려 아이넬 필리안보다 대단하면 대단했지 못하지 않았다.

크로고스 백작은 흑색 타이탄이 시안의 것이라 단정하고 있었다.

'그것만 얻는다면.'

여섯 후작이 문제이며 황제가 문제겠는가?

때문에 녹턴 자작을 보내지 않았다.

이미 오래 전에 흑색 타이탄에 대한 자세한 정보를 발설하지 못하게 해 두었다. 물론 이것은 라르드 후작도 마찬가지였다.

그러나 상황은 크로고스 백작에게 유리했다.

그는 시안의 존재를 알고 있었던 것이다.

'고대의 타이탄.'

허공을 응시하는 크로고스 백작의 눈동자에 귀기가 어렸다.

'반드시 내 것으로 만들고 말겠다.'

〈『영혼기병』 제2권에서 계속〉

영혼기병

1판 1쇄 찍음 2009년 6월 27일
1판 1쇄 펴냄 2009년 6월 30일

지은이 | 소월(小月)
펴낸이 | 정 필
펴낸곳 | 도서출판 **뿔미디어**

기획, 편집 | 김대식, 허경란, 장상수, 권지영, 심재영, 소성순, 장보라
관리, 영업 | 김미영
출력 | 예컴
본문, 표지 인쇄 | 광문인쇄소
제본 | 성보제책사

출판등록 | 2002년 9월 11일 (제1081-1-132호)
주소 | 부천시 원미구 중동 1058-2 중동프라자 402호 (우)420-023
전화 (032)651-6513 / 팩스 032)651-6094
E-mail | BBULMEDIA@paran.com

값 8,000원

ISBN 978-89-6359-126-1 04810
ISBN 978-89-6359-125-4 04810 (세트)

※파본은 본사나 구입하신 서점에서 교환하여 드립니다.

※이 책은 (도)뿔미디어를 통해 독점 계약되었습니다.
저작권법에 의해 보호를 받는 저작물이므로 무단 전재와 무단 복제를 엄금합니다.

.